PAUL O'GRADY

EDDIE ALBERT

UND DIE TIERBANDE 1:

DAS AMSTERDAM-ABENTEUER

Aus dem Englischen von Katharina Naumann

VON HACHT

MIX
Papier | Fördert gute Waldnutzung
FSC® C014496
www.fsc.org

Deutsche Erstausgabe
1. Auflage 2023

Verlegerin: Rebecca Weitendorf von Hacht
Aus dem Englischen von Katharina Naumann
Lektorat: Silke Jellinghaus
Die Originalausgabe erschien unter dem Titel
Eddie Albert and the Amazing Animal Gang:
The Amsterdam Adventure bei HarperCollins *Children's* Books
ein Imprint von HarperCollins*Publishers* Ltd Großbritannien

Druck und Bindung: GGP Media GmbH, Pößneck
ISBN: 978-3-96826-019-8

www.w1-vonhacht.de

Folgt uns auf Instagram
unter www.instragram.com/vonhacht_verlag

Gewidmet all jenen, ob alt oder jung,
die mit ihren Tieren reden

TANTE BUDGE
EDDIE
BUTCH
DAD

VERA
CASEY
DAN UND JAKE
BUNTY
STANLEY

PROLOG

Hast du ein Geheimnis? Gibt es etwas, das du lieber für dich behalten würdest? Vielleicht hast du in der Vergangenheit etwas getan, wofür du dich schämst? Vielleicht hast du eine freche Lüge erzählt oder wilde Geschichten über dich und deine Familie erfunden, obwohl du in Wirklichkeit gar kein Pony besitzt und auch nicht in einer Villa wohnst, sondern in einem völlig normalen Haus oder einer Wohnung?

Du hast vielleicht ein ungewöhnliches Hobby oder interessierst dich für etwas, worüber du lieber nicht sprechen willst, weil die Leute, die davon keine Ahnung haben, dich sonst für seltsam halten könnten. Und dann ist da noch diese unangenehme Angewohnheit von dir, von der besser niemand wissen soll, wie zum Beispiel Nasepopeln, dass du dir gern die Krümel aus deinem

Bauchnabel in den Mund steckst oder dir den Hintern nicht ordentlich abwischst. Igitt.

In dieser Geschichte geht es um einen Jungen namens Eddie Albert, der ein erstaunliches Geheimnis hatte. Wenn du im Bus neben ihm säßest oder auf der Straße an ihm vorbeigingst, würdest du ihn bestimmt für einen ganz normalen zehnjährigen Jungen halten. Ein bisschen schmuddelig vielleicht, nicht besonders groß und mit einem wilden blonden Haarschopf, aber ansonsten völlig durchschnittlich.

Tja, da lägest du falsch, denn Eddie Albert besaß ein wahrhaft außergewöhnliches Talent, eine einzigartige Fähigkeit, auf die er wirklich hätte stolz sein sollen. Aber das war er nicht. Er verlor kein Wort über sein verborgenes Talent und war wild entschlossen, diese großartige Begabung, die er eher als einen Fluch betrachtete, zu verbergen. Er hatte deswegen schon mehrfach Ärger in der Schule bekommen, und heute war wieder einer dieser Tage. Es begann alles mit einer Maus ...

KAPITEL 1

Eddie war eigentlich nicht das, was man als frech bezeichnen würde. Er war kein ungezogenes Kind, überhaupt nicht – tatsächlich war er das vollkommene Gegenteil. Aber Scherereien hatten die unangenehme Angewohnheit, ihm auf Schritt und Tritt zu folgen, und fast immer ging es dabei um Tiere.

Einmal war Mr Broad, der Sportlehrer, vollkommen durchgedreht, weil er Eddie auf dem Schuldach erwischte. Aber Eddie war nicht die Regenrinne hinaufgeklettert, weil man ihn dazu herausgefordert

hatte oder weil er angeben wollte. Er wollte nur eine Taube retten, die zwischen zwei Holzbrettern feststeckte. Die Arbeiter, die das Dach reparieren sollten, hatten sie dort liegen lassen.

Trotzdem hatte man Eddie zum Direktor geschleppt, wo man ihm einen langen Vortrag über Gesundheit und Sicherheit und die Dummheit kleiner Jungen gehalten hatte, die ihre Freunde beeindrucken wollten, indem sie auf Dächer kletterten.

Er war einige Male zu spät zur Schule gekommen, weil er ständig verirrten oder verletzten Tieren helfen musste, wenn er die Abkürzung durch den Park nahm. An einem Wintermorgen hatte er eine Ringelnatter gefunden, die in der Kälte halb erfroren war, also legte er sie in seinen Rucksack, damit sie sich aufwärmen konnte. Als ihr angenehm warm war, wachte die Schlange auf und beschloss, sich ein wenig umzusehen – ausgerechnet mitten im Englischunterricht. Schließlich rollte sie sich auf Miss Pikes Fuß zusammen. Die Englischlehrerin fiel in Ohnmacht, und Eddie stand wieder vor dem Schreibtisch des Direktors. Der Mann konnte einfach nicht begreifen, dass so ein stiller kleiner Junge wie er dermaßen viel Scherereien machen konnte.

Eddie liebte alle Tiere, und die Leute fanden, er habe auch ein besonderes Händchen für sie.

»Es kommt einem vor, als könnte er sie verstehen«, sagte Mr Ali, dem der Lebensmittelladen im Ort gehörte. »Meine Katze sitzt gern auf der Eingangstreppe, und Eddie bleibt auf seinem Weg zur Schule immer stehen, um ein wenig mit ihr zu plaudern. Meine Katze ist eigentlich sehr wählerisch und mag keine Fremden, aber Eddie liebt sie. Sie miaut und schnurrt und reibt sich an ihm, und er antwortet ihr. Sie unterhalten sich richtig! Wie ich schon sagte, es kommt einem vor, als könnte er sie verstehen …«

Die Sache war die: Eddie verstand Tiere wirklich.

So unglaubwürdig das auch klingt, Eddie Albert konnte mit Säugetieren kommunizieren, mit Vögeln, Fischen und sogar Schnecken (wobei Schnecken oft einen recht begrenzten Wortschatz haben, mit einer Menge Schlürfen und Zischen), und zwar genauso gut wie mit Menschen. Es war eine unglaubliche

Gabe, aber Eddie sah das nicht so. Er gehörte zu den Menschen, die es nicht mögen, Aufmerksamkeit auf sich zu ziehen, er kümmerte sich lieber um seine eigenen Angelegenheiten, als mit anderen herumzualbern, was ihn zu einer Zielscheibe für Mobber machte.

Eddie war finster entschlossen, sein Talent gut verborgen zu halten. Er fürchtete, dass er, wenn man es entdeckte, als komischer Vogel, als Irrer angesehen werden würde. In den Boulevardzeitungen würde man das alles ins Lächerliche ziehen, und die Leute würden mit dem Finger auf ihn zeigen. Er würde überall in den sozialen Medien auftauchen und gezwungen werden, im Fernsehen aufzutreten und zu beweisen, dass sein Talent nicht nur ein schnöder Trick war. Er würde weltberühmt werden, keinen Fuß vor die Tür setzen können, ohne dass irgendwer ein Selfie mit ihm machen wollte und verlangte, dass er mit seinem Hund redete.

Nein, nein, nein! Das würde er verhindern. Einen kleinen Schwatz mit Mr Alis Katze würden sie für das Spiel eines kleinen Jungen halten, und abgesehen davon behielt er seine großartigen Fähigkeiten für sich und benutzte sie nur, wenn niemand dabei war.

Also, wo waren wir stehen geblieben? Ach ja, ich habe dir von der Maus erzählt, mit der all der Ärger begann. Sie huschte eines Nachmittags während einer Mathestunde unter der Heizung in Eddies Klassenraum hervor, und für ein so kleines Tierchen verursachte sie eine Menge Probleme.

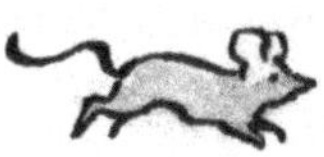

KAPiTEL 2

Eddie sah der Maus gleich an, dass sie sich verlaufen hatte. Sie saß einfach nur da und schaute sich in der Klasse um. Er beugte sich hinunter, als suchte er in seinem Ranzen nach etwas, damit er mit ihr sprechen konnte.

»Psssst!«, zischte er. »Was machst du hier? Geh lieber nach Hause.«

»Du könntest mir nicht vielleicht sagen, wie ich in den Heizungsraum komme, oder?«, fragte die Maus höflich und wischte sich rasch mit den Pfötchen über die Schnurrhaare. »Ich scheine irgendwo falsch abgebogen zu sein.«

»Geh doch einfach den Weg zurück, den du gekommen bist? Und dann musst du nach unten. Der Heizungsraum ist doch im Keller«, flüsterte Eddie.

Unglücklicherweise hörte man ihn.

»Miss!«, rief Quentin Harris, der Klassenpetzer und Obermobber, so laut, dass sich die ganze Klasse umdrehte.

Quentin saß am anderen Ende desselben Tisches wie Eddie und ließ keine Gelegenheit aus, sich bei den Lehrern einzuschleimen, indem er seine Klassenkameraden verpfiff.

»Miss!«, rief er erneut, jetzt noch lauter.

»Was ist, Quentin?«, fragte Miss Taylor. Sie stand am Whiteboard und hielt beim Schreiben inne, um sich irritiert umzusehen.

»Eddie Albert führt Selbstgespräche, Miss«, erwiderte Quentin und strahlte vor schmieriger Selbstgefälligkeit und der puren Freude daran, Eddie Ärger einzubrocken.

»Das stimmt nicht, Miss«, protestierte Eddie mit rotem Gesicht und setzte sich hastig wieder gerade hin.

»Dann hast du mit der Heizung geredet. Ich habe ihn gehört, Miss«, greinte Quentin weiter, ganz offensichtlich finster entschlossen, die Sache nicht so schnell auf sich beruhen zu lassen. »Er hat gesagt, sie solle nach Hause in den Heizungskeller gehen. Er ist plemplem, Miss. Er spricht mit der Heizung!«

Die ganze Klasse fand das urkomisch und lachte und kicherte, bis Miss Taylor ihnen sagte, sie sollten still sein, und Quentin daran erinnerte, dass das Wort »plemplem« beleidigend sei.

»Eddie«, fuhr Miss Taylor dann fort, verließ ihr Pult und kam zu ihm herüber, »du hast doch kein Handy in deiner Tasche, oder? Denn du weißt ja, dass ich keine Handys in meiner Klasse dulde.«

»Nein, Miss«, versicherte Quentin, obwohl er gar nicht gefragt worden war. »Er hat kein Handy, weil sein Dad im Supermarkt arbeitet und es sich nicht leisten kann, ihm eins zu kaufen. Ich habe ein Handy, ein Tablet und einen ganz neuen Computer, Miss.«

»Dann hast du ja ganz schön Glück gehabt, was?«, sagte Miss Taylor mit einem Hauch Sarkasmus in der Stimme. »Vielleicht schaust du zu Hause auf deinem ganz neuen Computer mal nach, was die Worte ›angeben‹ und ›protzen‹ genau bedeuten. Und jetzt sei bitte still.«

Sie wandte sich an Eddie und fragte ihn, was los sei. Hatte er mit jemandem gesprochen, und wenn ja, mit wem?

Eddie mochte Miss Taylor. Er war nicht besonders gut in Mathe, aber sie war sehr geduldig und freundlich und nahm sich immer Zeit, ihm die wirklich schwierigen Aufgaben zu erklären. Heute wirkte sie müde, und weil er sie nicht anlügen wollte, erzählte er ihr die Wahrheit.

»Ich habe mit einer Maus gesprochen«, sagte er ruhig.

Ebenso gut hätte er verkünden können, dass er mit einer sechs Meter langen, menschenfressenden Schlange gesprochen habe, denn das Wort »Maus« löste sofort eine Massenpanik aus.

Miss Taylor suchte mit einem Blick hastig den Boden ab, schlang ihren Rock fest um die Knie und wich zurück. Wenn schnell zurückweichen mit zusammengepressten Knien und um die Beine geschlungenem Rock eine olympische Disziplin gewesen wäre, hätte Miss Taylor die Goldmedaille gewonnen.

»Beruhigt euch, Kinder!«, rief sie, als die Hölle losbrach. Viele Mädchen kreischten und kletterten auf ihre Stühle, einige der Jungs ebenfalls. Ein paar Kinder verstärkten das Chaos noch, indem sie durch die Klasse rannten und schrien: »Da ist sie!« und »Gleich hab ich sie!«. Einer der Jungen hob die Strickjacke eines Mädchens auf, die von der Stuhllehne gerutscht war, und schüttelte sie aus. Dabei flog ein Stück Schokolade aus der Jackentasche in Miss Taylors Richtung.

Beim Anblick dieses kleinen braunen Dings, das auf sie zuflog, stieß Miss Taylor einen Schrei aus, der Glas hätte zerspringen lassen können. Sie sprang mit der Wendigkeit eines Kängurus auf ihr Pult.

Genau in diesem Moment trat Mr Pickard, der

Direktor, ins Klassenzimmer. »Was ist hier los?«, verlangte er zu wissen und klatschte laut in die Hände, um die Schüler zur Ruhe zu bringen.

»Da ist eine Maus!«, stammelte Miss Taylor von ihrem Platz oben auf dem Möbelstück aus. »Sie ist direkt unter meinem Tisch … eine große braune Maus! Ach du liebe Güte.«

Mr Pickard – der bei den meisten seiner Schüler unter dem Namen Mr Picker bekannt war, denn genau das tat er mit einem, wenn man seine Arbeit nicht perfekt erledigte, er zerpflückte einen – beugte sich langsam hinunter und warf einen Blick unter Miss Taylors Pult. Die Schüler verstummten. Alle hielten den Atem an.

»Meinen Sie etwa das hier?«, fragte er und richtete sich wieder auf. Er hielt etwas in seiner geballten Faust.

Ein Mädchen begann erneut zu schreien, als Mr Picker den Arm ausstreckte und langsam die Hand öffnete. *»Voilà!«*, rief er wie ein Zauberer, der gerade eine Dame entzwei gesägt hatte.

Miss Taylor, die gerade wieder zu einem Schrei

angesetzt hatte, der Blut zum Gerinnen brachte, sah, dass die »Maus«, die der Direktor in der Hand hielt, nur ein Stück Schokolade war.

»Ich komme mir so dumm vor«, stammelte Miss Taylor, tiefrot im Gesicht, und kletterte vom Pult. »Wissen Sie, Eddie Albert hat eine Maus gesehen, da drüben bei der Heizung, und ich bin dann …« Aber bevor sie den Satz beenden konnte, fiel ihr Mr Picker ins Wort.

»Schon wieder Eddie Albert«, seufzte er und schüttelte langsam den Kopf. »Ich hätte mir gleich denken können, dass du wieder für dieses Chaos verantwortlich bist. In mein Büro, bitte. Jetzt.«

Wie ich schon sagte, Scherereien hatten die unangenehme Angewohnheit, dem armen Eddie auf Schritt und Tritt zu folgen, und fast immer ging es dabei um Tiere.

KAPiTEL 3

Das ist so unfair«, sagte Eddie vor sich hin, als er von der Schule nach Hause ging. Er hatte wirklich keinen guten Tag gehabt. Es hatte schon schlecht damit begonnen, dass er aufgestanden war und im Kühlschrank keine Milch für seine Weetabix finden konnte, weil sein Dad schon wieder vergessen hatte, welche zu kaufen. Also goss er Wasser darauf, was nicht so lecker, aber, wie er sich sagte, immerhin besser war als nichts.

Sein Dad war schon zu seiner Frühschicht bei *Purzelpreise* aufgebrochen, dem Billig-Discounter, in dem er arbeitete, aber daran war Eddie längst gewöhnt. Er war durchaus in der Lage, sich selbst für die Schule fertig zu machen. Selbst wenn das bedeutete, drei Tage hintereinander dasselbe Hemd tragen zu müssen, weil er kein sauberes finden konnte, so wie heute.

Der Schultag war scheußlich gewesen und hatte darin gegipfelt, dass er ins Büro des Direktors zitiert wurde, wo man ihn für etwas tadelte, was nicht seine Schuld gewesen war.

»Ich hasse diese Schule«, sagte er laut und kickte eine Flasche in den Rinnstein. »Ich freue mich schon, wenn die Sommerferien anfangen, damit ich nicht mehr zu diesen Stinkern muss.«

»Führst du schon wieder Selbstgespräche, Albert?«, rief Quentin Harris und trat mit einem Eimer Hähnchenflügel aus dem Brathuhn-Imbiss. »Oder trägst du die Maus in deiner Tasche herum?«

Beachte ihn einfach gar nicht, dachte Eddie und ging weiter.

»Du bist plemplem, ja, das bist du, ein verrückter Irrer. Man sollte dich einsperren, weil du die ganze Zeit Selbstgespräche führst. Hast du gehört, Mausefreund?«, stichelte Quentin, der jetzt direkt hinter Eddie ging, und piekte Eddie in den Rücken.

Entschlossen, nicht einzuknicken, tat Eddie weiter so, als hätte er ihn nicht gehört. Er verlor nur ganz selten die Beherrschung, aber Quentin stellte ihn im Moment wirklich sehr auf die Probe.

»Bist du nicht nur bescheuert, sondern auch noch taub?«, machte Quentin weiter und versuchte, Eddie ein Bein zu stellen. »Du solltest auf eine Schule für Missgeburten gehen. Es ist nicht sicher für uns Normale, wenn du da bist. Das ist meine Meinung, und ich werde allen sagen, sie sollen sich von dir fernhalten, weil du gefährlich bist.«

»Mir doch egal«, murmelte Eddie und ging weiter.

»Du isst ja nicht mal Hühnchen«, fuhr Quentin fort und wedelte mit einem fettigen Flügel. »Du bist komisch.«

»Warum?«, erwiderte Eddie ruhig, ohne langsamer zu werden. »Weil ich es nicht richtig finde, Tiere zu essen?«

»Eine Wurst ist kein Tier«, höhnte Quentin. »Du bist ein Irrer, mehr nicht. Ich liebe Fleisch – wir essen jeden Abend Fleisch zu Hause«, protzte er. »Du kriegst nur Hasenfutter, weil dein Dad sich nicht mehr leisten kann.«

»Warum behältst du deine blöden Ansichten nicht für dich?«, fuhr Eddie ihn an. Er fuhr zu seinem Quälgeist herum. »Du scharwenzelst ständig um die Lehrer herum und erzählst ihnen deine Lügen. Du bist eine Petze, und es ist gar kein Wunder, dass dein Gesicht voller Pickel ist und dein fetter Arsch dir aus der Hose quillt, wenn du so viel Mist in dich hineinstopfst«, fügte er hinzu.

Quentins Gesicht färbte sich vor Wut purpurrot, und er begann zu zittern. »Ich habe keine Pickel … das ist ein Hitzeausschlag. Und ich habe keinen fetten Arsch!«, brachte er hervor.

»Hast du wohl«, versetzte Eddie. »Es gibt genau zwei Dinge, die man vom Mond aus auf der Erde erkennen kann – die Chinesische Mauer und deinen Hintern.«

»Du darfst so nicht mit mir reden«, jammerte Quentin. »Das darfst du nicht, weil ich nämlich etwas Besonderes bin«, fuhr er stolz fort. »Ich habe Aggressionsprobleme und rege mich sehr auf, wenn jemand gemein zu mir ist, weil ich so sensibel bin. Das hat die Schulpsychologin selbst zu Mum und

Dad gesagt. Da hast du's, Mausefreund – zieh dir das rein.«

Eddie maß ihn langsam von Kopf bis Fuß. Er fühlte sich jetzt sehr mutig, und die ganze Wut und aufgestaute Frustration des scheußlichen Tags strömte wie aus einem geplatzten Ballon aus ihm heraus.

»Mir egal, wie du es nennst«, sagte er, »aber in Wirklichkeit bist du bloß ein verwöhntes Muttersöhnchen mit einem gehässigen Charakter, den du nicht in den Griff bekommst. Wo ist Mami denn heute? Holt sie dich gar nicht mit dem Auto ab?«, frotzelte er. Langsam machte ihm die Sache Spaß. »Sag bloß, dass sie ihr kleines Babylein ganz allein nach Hause gehen lässt?«

Quentin sah aus, als würde er gleich explodieren, aber da ihm seine Wut die Sprache verschlagen hatte, brachte er nur noch ein Gurgeln heraus, das an einen trinkenden Strauß erinnerte.

»Und noch eins! Hör auf, Sandra Ellison Textnachrichten zu schicken. Sie mag dich nicht und würde auch dann nicht mit dir ausgehen, wenn du der letzte Junge auf Erden wärst. Ich habe gehört, wie sie zu Devorshka gesagt hat …«, fuhr Eddie fort, dem der Dampf, der aus Quentins Ohren und Nasenlöchern drang, ganz egal war, »… dass sie dich für ein riesiges, schweinegesichtiges …«

Aber bevor Eddie weiterreden konnte, rastete Quentin vollkommen aus und haute ihm, so hart er konnte, eine rein.

KAPiTEL 4

Mal ganz im Ernst, Eddie«, sagte sein Dad mit gerunzelter Stirn und schüttelte den Kopf, während er Eddies aufgeplatzte Lippe mit antiseptischer Salbe betupfte. »Erst ruft mich dein Direktor an und erzählt mir, dass du im Unterricht gestört hast, und dann kommst du mit blutverschmiertem Hemd und einer aufgeplatzten Unterlippe nach Hause, weil du dich geprügelt hast. Was ist bloß mit dir los?«

»Ich habe mich nicht geprügelt, Dad«, protestierte Eddie und zuckte zusammen, als seine Lippe mit einem Stück Küchenpapier in Kontakt kam. »Quentin Harris hat mir einfach ins Gesicht geboxt.«

»Ohne Grund?«, fragte sein Dad nach. »Er hat dich einfach geschlagen?«

»Na ja, wir haben uns schon gestritten, aber er hat angefangen. Und dann hat er mich geboxt«, erklärte Eddie.

»Und was hast du gesagt, das ihn so wütend gemacht hat?«, fragte sein Dad.

Eddie schwieg und tat so, als könnte er wegen seiner aufgeplatzten Lippe kaum sprechen.

»Na, komm schon, raus mit der Sprache. Was hast du gesagt?«, beharrte Dad. »Ich weiß, dass du eine spitze Zunge hast, wenn dich jemand auf die Palme bringt.«

»Ich habe ihm gesagt, dass er Pickel und einen fetten Arsch hat«, antwortete Eddie und lächelte, weil er sich an Quentins Gesichtsausdruck erinnerte.

»Ach, wirklich?«, sagte sein Dad und gab sich alle Mühe, nicht zu lachen. »Das ist aber nicht besonders nett, oder?«

»Na ja, er ist auch nicht besonders nett«, erwiderte Eddie. »Er ist ein Mobber und erzählt den Lehrern Lügen, und er hat gesagt, du wärst arm, weil ich kein Handy habe, er aber schon.«

»Hör mir mal gut zu, Sohn. Jungen wie Quentin

sind den Sauerstoff nicht wert, den du brauchst, um mit ihnen zu reden. Kümmere dich nicht um ihn, tu so, als gäbe es ihn gar nicht, und lass dich nicht von ihm provozieren«, riet sein Dad ihm. »Im Leben geht es um mehr als um Handys – und auf keinen Fall sind die es wert, dass man sich deswegen prügelt. Ich habe dir ja immer gesagt, dass du ein Handy haben kannst, wenn du auf die weiterführende Schule kommst.«

»Aber ich habe nicht damit angefangen.« Eddie schrie jetzt fast. »Er hat zuerst zugeschlagen!«

»Na ja, du hast ihn ziemlich geärgert, und ob er es nun verdient hat oder nicht, er hat Aggressionsprobleme«, sagte Dad. »Ein grausames Wort kann ebenso schmerzhaft sein wie ein Schlag ins Gesicht.«

Eddie verschränkte die Arme vor der Brust und ließ sich schmollend in seinen Sessel sinken. Er hatte das Gefühl, gleich explodieren zu müssen, so ungerecht fand er das alles. Es war nicht fair, dass sein Dad ihm eine Teilschuld an der Sache zuschob, obwohl er derjenige mit der aufgeplatzten Lippe war und nicht der fiese Quentin Harris, der überhaupt mit allem angefangen hatte.

Typisch, wütete er in Gedanken. *Immer kriege ich die Schuld für alles. Selbst wenn die Straße in einen Krater absacken würde, wäre es noch irgendwie meine Schuld. Das ist so unfair. Es ist einfach mies.*

»Ich gründe eine Gewerkschaft für Kinder«, sagte er zu seinem Dad, »und wenn ein Kind eine Beschwerde gegen einen Erwachsenen hat, kann es vor Gericht ziehen, wo sich jemand die Beweise gründlich ansieht, bevor ein unschuldiger Mensch für etwas verurteilt wird, was er gar nicht getan hat.«

»Das tu ruhig«, erwiderte sein Dad abwesend. »So, dann geh mal in dein Zimmer und füttere deine Tiere, und ich mache uns etwas zu essen, ja? Und danach muss ich dir etwas Wichtiges erzählen. Ich lasse zuerst Butch aus der Küche; er macht mich noch ganz wahnsinnig mit seinem Gekläff.«

Butch war ein Jackawawa – teils Chihuahua und teils Jack Russell. Eines Abends auf dem Heimweg von der Arbeit hatte Eddies Dad ihn einem Mann abgekauft, der mit einem winzigen Welpen im Arm schwankend vor einem Pub herumgestanden hatte. Eddies Dad war sofort entschlossen gewesen, das arme kleine Wesen vor diesem schäbigen Kerl zu retten, denn es war offensichtlich, dass der nicht einmal in der Lage war, sich um sich selbst zu kümmern, geschweige denn um einen Hund.

Dad hatte gewusst, dass es extremer Listigkeit bedurfte, den Typen dazu zu überreden, ihm den Welpen zu überlassen.

»Darf ich mir deinen Hund mal anschauen, Kumpel?«, hatte er wie beiläufig und in heiterem Ton gefragt. »Was ist denn das für eine Rasse?«

»Weiß nicht«, hatte der Mann gelallt. Er stand gegen die Mauer des Pubs gelehnt. »Ich wollte ihn da drin gerade verdreschen …« – er nickte in Richtung Pub-

Tür –, »… da hat mich die Wirtin rausgeschmissen. Hier, schau dir die kleine Ratte ruhig näher an, wenn du dich für sie interessierst.«

Das winzige Hündchen hatte auf die Handfläche von Eddies Dad gepasst. Es war schmutzig und halb verhungert, und eins seiner Augen war geschlossen, das Lid geschwollen und ganz eindeutig entzündet. Bei dem Zustand des jämmerlichen kleinen Tierchens wurde ihm ganz schlecht, und er hätte dem Mann am liebsten gesagt, was er von ihm hielt, aber er biss sich auf die Zunge und zügelte sich, um ihn nicht zu verärgern.

»Der überlebt die Nacht vielleicht nicht«, bemerkte er. »Wie viel willst du dafür?«

»Hunnert Kröten«, antwortete der Mann, rülpste laut und stützte sich mit den Händen auf die Knie, um nicht umzukippen.

»Dafür bekommst du keine hundert Pfund«, sagte Eddies Dad und schüttelte den Kopf, als wäre er ein Experte. »Das ist ein Straßenköter, dazu halb tot. Und außerdem habe ich so viel Geld nicht bei mir.«

»Wie viel hast du denn?«, fragte der Mann und taumelte auf ihn zu.

»Ich habe fünf Kröten«, antwortete Eddies Dad, denn genauso viel hatte er bei sich. »Du kannst sie haben. Ich tu dir noch einen Gefallen, wenn ich dir den da abnehme.«

Der Mann dachte über das Angebot nach, dann rief er: »Deal! Schieb die Kohle rüber, dann kannste das Viech haben!« Er schnappte sich die Pfund-Scheine von Eddies Dad und wankte die Straße hinunter. Eddies Dad blieb mit dem winzigen, zitternden Welpen in der Hand zurück.

»Na komm, Kleiner«, sagte er und schob das kleine Hündchen in seinen Mantel, um es zu wärmen. »Du hast mich meinen letzten Fünfer gekostet, was bedeutet, es gibt wieder Bohnen auf Toast für Eddie und mich. Komm, wir gehen nach Hause.«

Natürlich hatte sich Eddie in den bierglasgroßen Welpen verliebt, sobald er ihn zum ersten Mal erblickt hatte. Das Tier war tatsächlich sehr krank, weil man es viel zu früh von der Mutter weggenommen hatte, aber Eddie beschloss, ihn wieder gesund zu pflegen. »Wie sollen wir ihn nennen, Dad?«, fragte Eddie und säuberte dem kleinen Kerlchen das Auge.

»Du darfst dir einen Namen überlegen«, sagte Dad. »Er ist ein verfrühtes Geburtstagsgeschenk für dich. Aber wir müssen ein Auge auf den Kleinen haben, denn es geht ihm wirklich nicht gut.«

Eddie wusste zum Glück sofort, was der kleine Welpe brauchte – und zwar viel Liebe und ständige Pflege, und beides bekam er von Eddie im Überfluss.

KAPiTEL 5

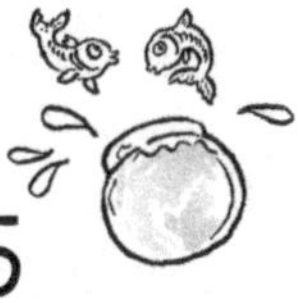

Eddies Zimmer war im Laufe der Jahre zu einer Art Tierkrankenhaus geworden. Er hatte sich um eine große Anzahl verschiedenster verletzter Vögel gekümmert und war inzwischen Experte darin, gebrochene Flügel zu schienen. Er hatte einen Babyigel, ein Schleiereulenküken und sogar ein Wiesel mit gebrochenem Bein mit dem Fläschchen aufgezogen. Wenn es den Tieren gut ging und sie für sich selbst sorgen konnten, entließ Eddie sie wieder zurück in die Natur, in die sie gehörten. Daher teilte er sein Zimmer im Moment nur mit Butch, zwei Goldfischen namens Dan und Jake und einer Hamsterin namens Bunty.

Weil er annahm, dass die Neuigkeiten, die sein Dad ihm mitteilen wollte, vermutlich schlechte waren, stampfte Eddie übellaunig in sein Zimmer, dicht gefolgt von Butch, der wie üblich wild herumkläffte.

In den Ohren aller anderen war Butchs Gekläff genau das – das ununterbrochene Bellen eines aufgeregten kleinen Hundes. Kein bisschen unüblich. Aber Eddie hörte etwas vollkommen anderes.

»Jetzt sag mal, was passiert ist?«, fragte Butch Eddie ungeduldig und rannte im Zimmer umher. »Hast du es ihm gezeigt? Hä? Hast du ihn aus der Stadt gejagt? Ich hätte ihn ins Fußgelenk gebissen und ihm das Hosenbein abgerissen«, fuhr er fort, ohne auch nur Atem zu holen. »Wie hat es angefangen?«

»Eine Maus ist im Klassenzimmer hinter der Heizung hervorgekommen«, erklärte Eddie. »Sie hatte sich verlaufen, und ich wollte ihr nur erklären, wie sie in den Heizungskeller kommt …«

»Warum?«, unterbrach ihn Butch. »Gab es eine Party in diesem Heizungskeller, oder ist dort die Zentrale für die Mäusemafia, und diese Maus war eine ausgebildete Attentäterin?«

»Ich weiß auch nicht, was da unten im Heizungsraum los war«, erwiderte Eddie lachend. »Aber als ich der Maus sagen wollte, wie man dorthin kommt, hat mich Quentin Harris gehört und bei der Lehrerin verpetzt. Und auf dem Nachhauseweg fing er an, mich zu ärgern.«

»Der miese Mobber«, knurrte Butch wütend. »Ich hätte ihn abgemurkst. Ich hätte ihn wie ein Hund gejagt.«

»Du bist ein Hund«, erinnerte ihn Eddie.

»Egal«, knurrte Butch. »Ich hätte ihn trotzdem abgemurkst.«

Wenn Butch wütend war, was oft geschah, kam seine Chihuahua-Seite zum Vorschein, und er sprach in einem Dialekt, den er für mexikanisch hielt (weil Chihuahuas ursprünglich aus Mexiko stammen). Dieser Akzent war extrem schwierig zu verstehen, weil er ihn sich aus alten Cowboyfilmen abgeguckt hatte, die tagsüber im Fernsehen kamen.

Butch liebte diese Filme. Jedes Mal, wenn er wieder einen geschaut hatte, stolzierte er durchs Haus und sprach nur noch durch zusammengebissene Zähne. Er sagte dann Dinge wie: »Diese Stadt ist nicht groß genug für uns beide«, und: »Ich bin gekommen, um meinen Jungen zu holen«, und zwar mit seinem tiefsten Grollen.

Eddie vermutete, dass Butch in Wirklichkeit glaubte, ein riesiger Hund zu sein – wie es bei kleinen Hunden oft der Fall ist. Tatsächlich aber war er winzig, allerdings sehr, sehr hart im Nehmen.

Außerdem liebte Butch Wärme – er behauptete stets, das liege an dem mexikanischen Blut, das durch seine Adern floss – und saß oft kerzengerade und mit geschlossenen Augen vor dem Gasofen. Auch an langen, heißen Sommertagen genoss er die Wärme und lag ausgestreckt im Park, um ein paar Sonnenstrahlen abzubekommen, wie er es ausdrückte.

Eddie setzte sich auf die Bettkante, um seine Schuhe auszuziehen, wurde aber von einem lauten Klopfen gegen das Fenster unterbrochen. Er drehte sich um und sah davor einen großen schwarzen Vogel sitzen. Der Vogel tippte erneut mit dem Schnabel gegen die Scheibe und rief: »Mach ma fix und öffne das Fenster, okee? Es regnet gleich, und ich werd pitschnass.«

»Na, wenn das mal nicht der Liver-Vogel ist«, bemerkte Butch sarkastisch. »Was will er denn?«

Der Liver-Vogel war eine Krähe. Eddie hatte ihn als Küken gefunden, als er bei Onkel Jack, dem Bruder seines Vaters, in Liverpool zu Besuch gewesen war. Die Krähe war dort im Park aus dem Nest gefallen, und weil von der Mutter weit und breit nichts zu sehen war, hatte Eddie das Küken mit nach Hause genommen und es aufgezogen, wobei er instinktiv gewusst hatte, was er tun musste, obwohl er damals erst acht gewesen war.

Sein Dad hatte Butch wenig später mit nach Hause gebracht, daher waren die beiden, Hund und Krähe, sozusagen gemeinsam aufgewachsen. Jetzt, da sie älter waren, herrschte eine Art Geschwisterrivalität zwischen ihnen. Der echte Name der Krähe lautete Stanley, weil er im Stanley Park gefunden

worden war, aber Butch hatte ihn Liver-Vogel getauft, nach der Vogelstatue oben auf dem Liver-Gebäude, das über dem Fluss Mersey aufragte.

Zwei Jahre, nachdem Eddie ihn gefunden hatte, war Stanley zu einer gesunden, glücklichen und hochintelligenten Krähe herangewachsen, und obwohl er schon längst nicht mehr in Eddies Zimmer wohnte, besuchte er ihn immer noch regelmäßig.

Eddie öffnete das Fenster, die Krähe hüpfte herein und landete auf Eddies Schreibtisch.

»Hi, Stanners«, sagte Eddie und streichelte der Krähe den Hinterkopf. »Soll ich dich mit einem Handtuch abrubbeln? Du bist ein bisschen feucht.«

»Nicht nötig, mein Gefieder ist wasserabweisend«, sagte Stanley und schüttelte sich. »Aber gut, dass du jetzt da bist, ich wurde da draußen auf der Fensterbank immer nasser. Übrigens, wusstest du, dass eure Regenrinne leckt?« Damit schüttelte er sich erneut, diesmal heftig, und begann, seinen rechten Flügel zu putzen.

»Geht mir auf den Wecker, diese Feder«, sagte er und strich eine große schwarze Feder zurecht, die seltsam hervorstand. »Liegt nie flach an, egal, was ich damit mache. Du hast nicht zufällig ein bisschen 'aargel? Oder eine 'aarspange? Ach, vielleicht lasse ich es auch einfach so, und wenn jemand was sagt, behaupte ich, dass das jetzt voll in Mode ist. Na gut«, sagte er und wechselte mal wieder das Thema, er war etwas sprunghaft. »Mathe'ausaufgaben. Was steht 'eute Abend an?«

»Prozent- und Bruchrechnung«, seufzte Eddie gequält. »Miss Taylor hat mir Zusatzaufgaben aufgebrummt.«

»Babyleicht«, erwiderte Stanley und hüpfte auf dem Schreibtisch herum. »Keine Angst. Ich bin brillant im Bruchrechnen, absolut brillant. Und ich kann in der Quizshow im Fernsehen alle Fragen beantworten, andererseits schaue ich die nicht so oft, ich 'ab ja keine Glotze. Aber keine Sorge wegen der Bruchrechnung – die kann ich auch auf dem Schnabel stehend.«

»Na, ich jedenfalls nicht«, stöhnte Eddie. »Ich

habe keinen Schnabel und meistens auch keine Ahnung, wovon Miss Taylor redet. Selbst wenn sie wirklich geduldig mit mir ist, geht es einfach nicht in meinen Schädel. Mathe ist für mich ein Buch mit sieben Siegeln.«

Stanley machte den Versuch, ihn davon zu überzeugen, dass er mit seinem riesigen mathematischen Wissen für ein Genie gehalten werden würde, sobald er mit ihm fertig sei.

Butch neigte den Kopf zur Seite. Er bezweifelte das stark. Dann wollte er von Stanley wissen, woher er all das konnte und welchen Sinn es überhaupt habe, sich mit Knochenbrüchen auszukennen.

»Ich glaube, du meinst Bruchrechnung«, korrigierte ihn Stanley. »Wir brechen ja keine Knochen.«

»Na ja, egal, klingt jedenfalls beides ziemlich schmerzhaft«, erwiderte Butch und gähnte. »Schmerzhaft und langweilig, und ich kann einfach nicht den Sinn darin erkennen.«

»Es ist immer sinnvoll, etwas zu lernen«, versetzte Stanley neunmalklug. »Bildung ist Wissen, Brüderchen, und damit kommt man weit im Leben –

wer etwas weiß, kommt rum. Oder in meinem Fall: Wer Flügel 'at, kommt rum!« Er flatterte mit seinen riesigen Flügeln und gackerte rau, was Butch so auf die Nerven ging, dass er sich unters Bett verzog und gereizt kläffte.

»Da pflichte ich dir vollkommen bei, Stanley«, meldete sich Bunty die Hamsterin und trat aus der Vordertür des alten Puppenhauses, das Eddies Dad in ein Häuschen für sie umgebaut hatte. »Fliegen ist einfach das Beste.« Sie reckte die Vorderpfoten und gähnte lange und laut, wobei sie sehr scharfe Zähnchen entblößte. Sie war eine typische Hamsterdame, klein und rundlich mit goldfarbenem Fell und einem weißen, weichen Bauch.

Vermutlich weißt du das schon, aber Hamster sind nachtaktiv, was bedeutet, dass sie den ganzen Tag schlafen und nachts sehr beschäftigt sind. Bunty jedoch hatte es geschafft, ihre innere Uhr vollkommen umzustellen, weil es ihr zu langweilig war, wach zu sein, wenn alle anderen schliefen. Dann hatte sie nämlich niemanden, mit dem sie reden konnte.

Jetzt war sie tagsüber wach und ging mit den anderen schlafen. Hin und wieder aber machte sie gern ein kleines Nachmittagsnickerchen.

»Fliegen ist wirklich eine ganz besondere Erfahrung«, verkündete sie erneut, als sie fertig war mit Gähnen. »Man kann nichts mit dem Gefühl vergleichen, sich hoch in die Lüfte zu schwingen. Ich erinnere mich noch gut, wie ich damals oft mit Roger über den Kanal geflogen bin.« Sie unterbrach sich, um Stanley zum hundertsten Mal zu erklären, wer Roger war. »Er war Pilot bei der Königlichen Luftwaffe, weißt du«, sagte sie, stellte sich breitbeinig auf und stemmte die winzigen Pfötchen in die Hüften. »Großartiger Kerl. Ich war das Maskottchen des Stützpunkts und wohnte bei ihm – bis er ins Ausland geschickt wurde und Eddie mir hier netterweise Kost und Logis anbot.«

»Also, ich lass dich gern mal auf meinem Rücken mitfliegen, wenn du willst«, bot Stanley aufgeräumt an. Er hatte Buntys Luftwaffengeschichten schon sehr oft gehört. »'alt dich einfach mit den Pfoten an meinen Federn fest, dann kann's losge'en.«

»Das ist sehr nett von dir, alter Junge«, erwiderte Bunty herzlich. »Ich habe irgendwo eine Fliegerbrille herumliegen, die früher einmal einer Puppe gehörte. Ich gehe sie suchen, bevor ich wieder losfliege. Vielleicht sollte ich vorher ein bisschen Ballast loswerden«, fügte sie hinzu, tätschelte ihren runden kleinen Bauch und lachte.

»Hey, ihr beiden!«, rief einer der beiden Goldfische, sprang aus dem Wasser in seinem Glas und balancierte auf dem Rand. »Fliegen ist doch nur was für Wellensittiche. Echte Männer reisen auf dem Wasser, mit dem Schiff.«

»Ja, sag's ihnen, Jake«, stimmte der andere Fisch ein und sprang cbcnfalls auf den Rand neben seinen Bruder. »Jake und ich haben mit Piraten das Südchinesische Meer bereist. Mit harten, brutalen, Angst und Schrecken verbreitenden Piraten«, prahlte er. »Solche Kerle sieht man nicht dabei, wie sie Butterbrote und Tee servieren oder Kotze wegwischen wie die Leute in den Flugzeugen in der Luft, oder?«

»Nein, so was kriegt man nicht zu sehen, Dan«, bestätigte Jake. »Jedenfalls wäre es für einen Piraten ziemlich schwierig, mit Teekannen und so durch den Gang zwischen den Passagierreihen zu gehen. Alle Piraten, die wir kennen, haben Holzbeine und Haken anstelle von Händen, daher würden sie den Tee vermutlich verschütten.«

Die Fische hatten eine ziemlich lebhafte Fantasie, und Eddie musste zum ersten Mal an diesem Tag laut lachen, wobei er seine schmerzende aufgeplatzte Lippe völlig vergaß. Er konnte sich nichts Schöneres vorstellen, als gemütlich in seinem Zimmer zu sitzen und mit seiner wunderbaren Tierbande zu plaudern.

Die Fische liefen jetzt zur Hochform auf. Also verdrängte er entschlossen die nagende Sorge darüber, was Dad ihm wohl zu sagen hatte, und hörte sich an, was Dan und Jake zum Thema Lieber fliegen oder segeln zum Besten gaben.

KAPiTEL 6

Ja, allerdings«, gurgelte Dan der Goldfisch, der gerade erst zurück ins Wasser gehüpft war, um einen Schluck zu trinken. »Ich würde ein Leben, bei dem ich über die Sieben Weltmeere segele, jederzeit dem Geflatter am Himmel vorziehen. Nein, mein Herr, wenn man mich fragt, ist Fliegen wirklich nur für Vögel geeignet.«

»Wie messerscharf du das geschlossen 'ast.« Stanley rümpfte den Schnabel. »Aber seit der Erfindung des Flugzeugs fliegen eine ganze Menge Menschen über den 'immel, und zwar überall'in auf der Welt, genau wie wir Vögel. Wobei ich betonen muss – wir waren die Ersten.«

»Allerdings gibt es natürlich auch Fliegende Fische«, fügte Eddie hinzu. »Es gibt haufenweise von ihnen in … ähm …«

»Wigan bei Manchester?«, schlug Bunty vor.

»Nein, in Barbados«, korrigierte Stanley sie. »Barbados ist als Land der Fliegenden Fische bekannt. Angeblich fliegen dort mehr Fische ’erum als Vögel.«

»Also, wir haben noch nie welche gesehen«, erwiderte Dan schmollend, »und wir haben die Sieben Weltmeere besegelt.«

»Und wir haben sie beschwommen. Vergiss das nicht, Dan«, fügte Jake hinzu.

»Kann ich euch mal was fragen, Jungs?«, fragte Stanley. »Wenn ihr Piraten wart, wie kommt es dann, dass ihr in einem Aquarium mit etwa fünfzig anderen Goldfischen in Freds Tier’andlung gelandet seid?«

»Willst du damit andeuten, dass wir lügen?«, fuhr Dan auf. »Ich will dir genau erzählen, wie wir dort gelandet sind. Unser

Schiff wurde von einer Truppe Piratenjäger Ihrer Majestät versenkt, und Jake und ich wurden ins Meer geworfen und mussten ewig schwimmen.«

»Ja, Monate und Monate planschten wir so herum«, fügte sein Bruder hinzu. »Und wir mussten ständig Haien und giftigen Quallen ausweichen.«

»Dann wurden wir gerettet, aber unsere Retter erwiesen sich als rivalisierende Piratenmeute, die uns an den Bösen Fred in der Hauptstraße verkauften. Da hast du's, Vogelhirn«, sagte Dan und spuckte Stanley einen Strahl Wasser vor die Füße ... verfehlte ihn allerdings. Stattdessen traf er Butch – der wieder unter dem Bett hervorgekommen war – direkt ins Ohr, was diesen sofort wieder wütend loskläffen ließ.

»Ich murks euch ab«, knurrte er wütend. »Ich schmeiß euch ins Klo, und dann heißt es *adios, amigos.*«

»Beruhig dich, Butch«, sagte Eddie lachend. »Und die Jungs sind wirklich Piraten«, sagte er zu Stanley, zwinkerte ihm aber dabei zu. »Richtig Furcht einflößende Piraten.«

»Siehst du?«, riefen die beiden Fische wie aus einem Maul. »Haben wir doch gesagt.«

»Also, ich glaube es jedenfalls nicht«, grummelte Butch missmutig und kratzte sein feuchtes Ohr mit der Hinterpfote. »Kein Wort davon glaube ich.«

»Und wie habe ich dann wohl mein Auge verloren, hä?«, wollte Dan wissen und zeigte auf einen großen dunklen Fleck über seinem rechten Auge, der auffällig einer Augenklappe ähnelte und ihm wirklich ein verwegenes Aussehen verlieh. »Das war nämlich bei einem Schwertkampf mit einem Mitglied der Chang-Gang im Hafen von Alt-Schanghai.«

»Das ist ein Geburtsmal, keine Augenklappe«, sagte Butch, der sich zu langweilen begann und sich lieber der Socke widmete, die er unter Eddies Bett gefunden hatte. »Aber wenn ihr sagt, dass ihr Piraten seid, dann seid ihr Piraten. Ende der Geschichte.«

»Gut«, antworteten die beiden Fische erneut im Chor. »Also halt's Maul und kümmere dich um deinen eigenen Kram.« Und damit verschwanden sie mit einem doppelten Ploppen wieder im Wasser.

Alle lachten über die beiden draufgängerischen

Fische, außer Butch, der sich immer noch über das Wasser in seinem Ohr ärgerte und diesen Ärger jetzt an Eddies Socke ausließ, indem er an ihr herumkaute.

»Also, Leute«, sagte Bunty. »Ich will ja nicht unhöflich sein, aber wenn es euch nichts ausmacht, würde ich gern vor dem Abendessen noch ein paar Hundert Mal in meinem Rad herumlaufen.«

Jetzt musste Eddie auch wieder an die nagende kleine Sorge denken, die er kurz vergessen hatte. Vielleicht wusste Bunty etwas darüber, was sein Vater ihm sagen wollte.

»Bevor du gehst, Bunty«, sagte Eddie, »wollte ich dich noch etwas fragen. Hast du zufällig mitgehört, mit wem sich Dad am Telefon unterhalten hat? Weil er mir nämlich gesagt hat, er habe mir etwas Wichtiges mitzuteilen.«

»Nein, mein Lieber, leider nicht, fürchte ich, weil ich heute ein langes Nickerchen gehalten habe«, antwortete Bunty. »Ich habe letzte Nacht nicht gut geschlafen. Neues Stroh, weißt du. Das ist zuerst immer ein bisschen kratzig.«

»Und ich ’abe nichts gehört, weil ich nicht da war«, meldete sich Stanley zu Wort. »Ich war auf dem Dach der Bibliothek und ’abe mit einer Elster namens Maggie über glänzende Dinge gesprochen.«

Die Fische schmollten hinter einem Busch Wasserpflanzen, es hatte also keinen Sinn, sie zu fragen. Deswegen wandte sich Eddie an Butch. Vielleicht wusste er etwas.

»Also, *chico*, ich habe da tatsächlich was gehört«, rückte er mit der Sprache heraus.

»Was denn?«, fragte Eddie, der es unbedingt wissen wollte. »Was hast du gehört?«

Butch senkte die Stimme. »Ich habe gehört, wie er sagte, dass er fortmuss. Dann rief jemand an, von dem dein Dad lange nichts gehört hatte. Sie haben ewig miteinander gesprochen, und es klang, als wollten sie dich zu einer Tanne schicken.«

»Zu einer Tanne!«, riefen alle.

»Ja, genau, zu einer Tanne«, fuhr Butch fort. »Nicht zu fassen, oder? Zu einer Tanne! Heißt das, dass du im Wald auf der nackten Erde leben sollst?«

»Und was ist mit uns?«, rief Bunty, die sich jetzt

ziemlich aufregte. »Werden wir mit dir zu dieser Tanne geschickt? Ich bleibe aber lieber hier und verhungere, als unter einem Baum zu leben!«

»Beruhigt euch«, sagte Eddie. »Sie meinen ganz sicher eine Tante, was T A N T E geschrieben wird. Das ist die Bezeichnung für eine weibliche Verwandte und nicht für einen stachligen Baum. Mal ehrlich, dreht nicht gleich durch, Leute.«

»Natürlich wusste ich sofort, was dein Vater mit Tante meinte«, sagte Stanley überheblich. »Ich bin ein gebildeter Vogel. Aber wer ist denn bloß diese Tante?«

»Und wo wohnt sie?«, wollte Bunty wissen.

»Ich weiß es nicht«, sagte Eddie und setzte sich mit Butch auf dem Schoß wieder aufs Bett. »Es gibt da mein Tantchen Carol, aber Dad versteht sich nicht gut mit ihr, außerdem wohnt sie in Australien, und Dad könnte die Reise dorthin nicht bezahlen. Ich weiß nicht, was dahintersteckt, aber es klingt jedenfalls nicht besonders gut.«

Einen Augenblick lang schwiegen alle und warteten darauf, dass Eddie weitersprach.

»Ich werde es beim Abendessen herausfinden«, sagte er. »Aber egal, was es ist, Leute, ohne euch gehe ich nirgendwo hin.«

KAPiTEL 7

Eddies Eltern waren Musiker, oder zumindest waren sie das früher gewesen. Sie hatten sich im Orchester eines Musicals kennengelernt, das eine Tournee durch Europa machte. Eddies Dad konnte Saxofon, Gitarre und Klavier spielen, seine Mum Harfe und Geige, außerdem hatte sie eine wunderschöne Singstimme.

Sie heirateten, und ein Jahr später kam Eddie zur Welt. Eddies Mum gab die Tourneen auf, um Jingles im Radio zu singen und als Background-Sängerin zu arbeiten, denn für diese Jobs musste sie nicht weit von zu Hause weg und konnte sich um Eddie kümmern. Sein Dad ging weiterhin auf Tournee, nahm aber nur Aufträge an, die ihn nicht allzu lange von zu Hause fernhielten. Sie wohnten in einem behaglichen kleinen Haus mit Garten und waren sehr glücklich.

Doch als Eddie vier Jahre alt war, wurde seine Mum krank. Sie legte sich nicht länger abends neben ihn aufs Bett und sang ihm ein Schlafliedchen, und er verstand nicht, warum. Dann wurde sie in dem Krankenwagen weggebracht und kam nie mehr nach Hause.

Eddie hatte schon sehr früh sprechen gelernt, seine Mum nannte ihn immer ihre kleine Plaudertasche. Aber als sie starb, hörte er auf zu sprechen. Lange Zeit sagte er kein einziges Wort, weil irgendwo in seinem kleinen Hirn die Frage herumgeisterte, ob sein ständiges Geplapper vielleicht der Grund dafür war, dass sie nicht mehr lebte.

Als Eddies Dad alleinerziehend wurde, hörte er auf, als Musiker zu arbeiten, damit er sich um Eddie kümmern konnte. Er spielte keine Instrumente mehr. Musik erinnerte ihn an seine Frau, und seine Trauer war unerträglich.

Zuerst fiel es Eddies Vater schwer, Arbeit zu finden, denn er konnte nichts anderes, als Musik zu machen. Er wechselte von einem schlecht bezahlten Job zum nächsten, bis er das Haus nicht mehr abbezahlen konnte und sie gezwungen waren, in eine Mietswohnung in einer weniger guten Gegend umzuziehen – die, in der sie jetzt wohnten. Aber immerhin hatte Eddies Dad es geschafft, eine feste Anstellung im Supermarkt zu bekommen.

Wenn du dich fragst, wann Eddie wohl wieder zu sprechen begonnen hat und wie er herausfand, dass er sich mit Tieren verständigen konnte, kann ich dir das jetzt erzählen. Es passierte während eines Zoobesuchs, als er ungefähr sechs Jahre alt war. Er betrachtete die Pinguine in ihrem Gehege und hörte einen von ihnen ganz deutlich sagen: »Ich habe es so satt.«

Ohne nachzudenken, fragte Eddie den Pinguin, was er denn so satthabe.

»Ich habe den Fisch satt, will nicht die ganze Zeit immer im selben Pool herumplanschen, und die da hinten habe ich auch alle satt«, stöhnte der Pinguin und zeigte mit der Flosse in Richtung der anderen Pinguine, die entweder in Grüppchen auf den

Felsen hockten oder von den Betonfelsen ins Wasser sprangen. »Kein Ehrgeiz, das ist ihr Problem«, sagte der Pinguin und schüttelte den Kopf. »Ich selbst dagegen bin fest entschlossen, nach Kapstadt in Südafrika zu reisen, um meine Verwandten zu besuchen.«

»Wie willst du denn dorthin kommen?«, fragte Eddie. Er war überrascht, nach so langer Zeit wieder seine eigene Stimme zu hören.

»Das ist leicht. Ich beabsichtige, den Bus zu nehmen«, erwiderte der Pinguin großspurig. »Außerdem werde ich eine Lunchbox mit Sardinen als Wegzehrung mitnehmen.« Und damit watschelte er davon.

Eddies Dad amüsierte sich über den schnarrenden und trompetenden Pinguin und darüber, dass Eddie ihm antwortete, als verstünde er jedes einzelne Wort. Er war außerdem überglücklich, seinen Sohn wieder sprechen zu hören, er hatte sich schon ernsthafte Sorgen um ihn gemacht. Dass Eddie ausgerechnet mit einem Pinguin sprach, fand er niedlich und sehr lustig, aber er hatte keine Ahnung, dass sein Sohn wirklich und wahrhaftig alles verstand, was der Vogel sagte, und eine echte Unterhaltung mit ihm führen konnte.

Seitdem hatte sich Eddies Talent deutlich weiterentwickelt. Mit Tieren zu sprechen – von denen, wie sich herausstellte, jedes seine eigene Persönlichkeit hatte –, wurde für ihn so normal, wie mit Menschen zu sprechen. Aber weil er von Anfang an begriff, dass seine Fähigkeit ausgesprochen ungewöhnlich war, behielt er sie für sich.

Die Küche war voller Qualm, was oft vorkam, wenn Eddies Dad kochte.

»Puh«, machte Eddie und wedelte mit der Hand vor seinem Gesicht herum. »Mach mal das Fenster auf, Dad, sonst gehen gleich wieder die Rauchmelder an.«

»Heute gibt es Gemüsefrikadellen«, sagte sein Dad fröhlich und öffnete das Fenster, um den Rauch abziehen zu lassen. »Ich habe sie zum halben Preis bekommen.«

Sie setzten sich zum Essen. Eddie wartete auf den

Moment, in dem sein Dad ihm die Neuigkeit erzählen würde.

»Eddie«, sagte sein Dad schließlich, stand auf und trat an den Ausguss, um sich ein Glas Wasser zu holen. »Da gibt es etwas, worüber ich mit dir sprechen muss.«

Jetzt kommt's, dachte Eddie. *Die schlechte Nachricht. Na ja, hören wir uns das mal an.*

»Die Firma will mich befördern. Sie trauen mir zu, ins Management zu gehen«, erklärte er. »Das würde viel mehr Verantwortung bedeuten, und ich frage mich, ob ich dazu bereit bin ... aber wenn ich das Angebot annehme, muss ich für drei Wochen auf Fortbildung.«

»Kann ich nicht mit?«, fragte Eddie ängstlich. »Ich störe auch nicht.«

»So gern ich dich mitnehmen würde, ich fürchte, das geht nicht«, erklärte sein Dad liebevoll. »Die Fortbildung findet in Middlesbrough statt, und ich komme dort in einer Pension unter. Was solltest du den ganzen Tag in einer fremden Stadt und ohne deine Tiere machen? Ich glaube kaum, dass man in diese Pension Tiere mitbringen darf. Nein, es tut mir leid, mein Sohn, aber das wird nicht klappen.«

»Und was passiert dann mit mir?«, fragte Eddie, dem jetzt beklommen zumute wurde.

»Ich habe heute mit jemandem telefoniert, von dem ich lange nichts mehr gehört hatte.« Dad hatte sich jetzt wieder gesetzt. »Hast du mich oder deine Mum je von Tantchen Budge sprechen hören?«

»Nein«, antwortete Eddie.

»Sie ist die Tante deiner Mum«, erklärte Dad. »Sie hat einen Archäologen geheiratet und viel Zeit in Ägypten und anderen weit entfernten Orten verbracht. Dort haben sie Altertümer ausgegraben. Jahrelang hatte niemand sie gesehen, bis sie auf der Beerdigung deiner Mum plötzlich wiederauftauchte. Deine Mum mochte ihr Tantchen Budge sehr, und die alte Dame hat mir nach ihrer Beerdigung oft geschrieben. Damals ging es mir nicht gut, daher habe ich nie geantwortet. Dann sind du und ich in diese Wohnung gezogen, und wir verloren den Kontakt.«

»Und wie hat sie dann herausgefunden, wo wir jetzt sind?«, fragte Eddie.

»Onkel Jack hat es ihr erzählt. Er war damals auch Musiker.«

Dem Vernehmen nach hatte Tante Budge eine schreckliche Zeit hinter sich, denn sie hatte ziemlich lange zwischen zwei kriegsgebeutelten Ländern im Mittleren Osten festgesessen, wo sie mit einem Lastwagen Medizin für die Verletzten transportierte. Nach dieser haarsträubenden und vor allem gefährlichen Erfahrung beschloss sie, sich ein wenig zu verwöhnen. Sie hatte es sich wirklich verdient, daher reiste sie von Land zu Land, besuchte alte Freunde, bis sie in einer wunderschönen Suite im Raffles Hotel in Singapur landete.

Als sie eines Tages das Hotel verlassen wollte, um sich einen Hut zu kaufen, traf sie zufällig Eddies Onkel Jack, der in einem Club in der Stadt Klavier spielte und ins Hotel gekommen war, um dort eins der berühmten Currygerichte zu genießen. Sie erkannten sich von der Beerdigung von Eddies Mum wieder, und Jack lud sie zu einem frühen

Mittagessen im Tiffin Room ein. Sie hatten ein langes, langes Gespräch bei einem sehr, sehr scharfen Curry.

»Jedenfalls ist es wirklich toll, dass sie sich gemeldet hat, ich mag sie nämlich sehr«, sagte Eddies Dad. »Sie ist eine Dame, weißt du.«

»Na ja, ich hatte nicht angenommen, dass sie ein Mann ist«, erwiderte Eddie.

»Nein, ich meine, sie hat sogar einen Adelstitel. Ihr ehemaliger Mann, der schon vor einer Weile gestorben ist, war Lord Reginald Sprockett. Daher ist deine Tante Budge Lady Buddleia Sprockett.«

»Oh« war alles, was Eddie dazu einfiel, zumal er wirklich nicht besonders viel Interesse für eine alte Verwandte aufbrachte, die er nie kennengelernt hatte. Er machte sich viel mehr Sorgen um das, was ihm blühte, wenn sein Dad fort war.

»Also … was hältst du von dieser Idee?«, fragte Dad zögerlich. »Ich habe ziemlich lange mit ihr gesprochen – sie kann einem einen Blumenkohl ans Ohr quatschen – und ihr auch von der Beförderung erzählt und dass ich dafür fortmuss. Da hat sie gefragt, ob du während dieser Zeit vielleicht bei ihr wohnen willst.«

»Ähm …«, sagte Eddie nervös. »Aber ich kenne sie doch gar nicht. Wo wohnt sie denn?«

»Na ja, sie hat eigentlich keinen festen Wohnsitz, weil sie so viel reist, aber im Moment wohnt sie in ihrem ›kleinen Haus‹, wie sie es nennt, in Amsterdam.«

»Amsterdam in Holland?« Eddie traute seinen Ohren nicht. Bis nach Holland sollte er reisen, um bei einer alten Frau in einem winzigen Haus zu wohnen? War sein Dad verrückt geworden? »Und Butch und Bunty und die Fische? Was wird aus denen? Und wie soll ich überhaupt nach Amsterdam kommen?«

Eddie hatte eine Million Fragen, und als sein Dad ihn wieder etwas beruhigt hatte, erläuterte er ihm seinen Plan. Tantchen Budge liebte Tiere und würde Eddies Tierbande willkommen heißen. Eine Reiseerlaubnis für sie würde ebenfalls kein Problem sein, denn Tantchen Budge war gut vernetzt und kannte Leute, die derlei Dinge arrangieren konnten – alles natürlich ganz astrein und legal. Ihr Fahrer würde Eddie vor der Wohnung abholen und ihn und die Tiere nach Amsterdam chauffieren. Voraussetzung dafür war natürlich, dass Eddie dorthin wollte.

»Denk wenigstens darüber nach«, sagte sein Dad. »Amsterdam ist eine wunderschöne Stadt, und du hättest ein bisschen Abwechslung. Wenn ich auf diese Fortbildung gehe und befördert werde, bekomme ich ein viel besseres Gehalt, was wiederum bedeutet, dass wir umziehen und einen schöneren Platz zum Leben finden könnten. Also ... was meinst du?«

Eddie nickte einfach nur, was alles bedeuten konnte.

»Dann geh mal und mach deine Hausaufgaben«, sagte sein Dad, »und wenn du fertig bist, lasse ich dich ein bisschen an meinem Computer spielen. Ab mit dir.«

Eddie ging in sein Zimmer. Er schloss langsam die Tür hinter sich, lehnte sich dagegen und starrte schweigend die Tiere an.

»Und?«, wollten sie wissen. »Was ist los?«

Eddie hielt sie genüsslich ein wenig hin, aber zu ihrer Erleichterung begann er dann doch zu sprechen.

»Packt eure Sachen«, sagte er. »Wir fahren nach Amsterdam.«

KAPiTEL 8

Amsterdam?«, rief Butch. Er saß auf dem Dach von Buntys Puppenhaus, worüber sie nicht besonders erfreut war. Aber er ignorierte ihre nervösen Aufforderungen, herunterzukommen, und blieb, wo er war.

»Rüpelhafter kleiner Hund«, empörte sich Bunty. »Geschieht ihm recht, wenn er herunterfällt.«

»Also, Amsterdam, ja? Tja, das ist ja mal eine verblüffende Wendung«, sagte Stanley. »Und sollst du da zufällig bei diesem ge'eimnisvollen Tantchen unterkommen?«

»Ja, sie hat dort ein kleines Haus«, antwortete Eddie. »Aber ich finde es nicht besonders toll, mit einer uralten Tante in einem uralten Haus zu wohnen, das vermutlich nach Katzenpisse stinkt. Außerdem zwingt sie mich bestimmt, ganz früh ins Bett zu gehen. Die gute Nachricht ist allerdings, dass ihr alle mitkommen könnt. Sie organisiert spezielle Reisedokumente für euch.«

»Warte mal, *chico*. Noch mal von Anfang an. Hast du da gerade Katzen erwähnt?«, fragte Butch, der erst jetzt begriffen hatte, was Eddie gesagt hatte. »Hast du, oder? Du hast gesagt, dass das Haus bestimmt nach Katzenpisse stinkt, und das bedeutet, dass sie eine Katze hat. Na, dann los«, knurrte er wütend, »die jage ich dann nämlich aus der Stadt.«

»Um ehrlich zu sein, bin ich auch nicht gerade scharf darauf, mit Katzen zusammenzuwohnen, aus offensichtlichen Gründen«, bemerkte Bunty nervös. Sie hatte Sorgenfalten in ihrem winzigen Gesichtchen. »Vielleicht bleibe ich besser hier.«

»'ört ihr euch eigentlich selbst reden?«, rief Stanley aus und hüpfte vom Schreibtisch zurück auf die Fensterbank. »Ihr bekommt gerade die Chance eures Lebens und dürft verreisen, und ihr könnt nur

stöhnen und euch wegen irgendwelcher Katzen Gedanken machen?«

»Kann man mir das verdenken?«, protestierte Bunty. »Katzen tun Hamstern ganz schreckliche Dinge an! Sie spielen gern mit uns, aber wir spielen ganz und gar nicht gern mit ihnen!«

»Und mit Fischen!«, riefen Dan und Jake, die wieder auf dem Rand ihres Aquariums balancierten. »Aber wir haben keine Angst vor Katzen. Wir haben schon gegen Tiger gekämpft.«

»Keine Sorge, *amigos*«, verkündete Butch. »Ich verteidige euch. Die Katze muss weg.«

»'ört ihr wohl endlich auf?«, sagte Stanley streng. »Ihr wisst doch noch gar nicht, ob es dort eine Katze gibt, also beruhigt euch. Und Bunty«, fügte er schlau hinzu, »weißt du denn nicht, dass 'amster ursprünglich aus Amsterdam kommen?«

Bunty schnaubte. »Blödsinn«, sagte sie. »Der erste Hamster überhaupt wurde in Syrien gesichtet.«

»Ja, aber davor lebten sie in 'olland«, informierte Stanley sie. »Ich bin überrascht, dass du das nicht wusstest, obwohl du so eine belesene 'amsterin bist.«

Butch kicherte, als er das hörte, aber Bunty überhörte es. »Bitte erzähl diese faszinierende Geschichte doch weiter, Stanley«, sagte sie geziert und warf Butch einen bösen Blick zu.

»Es ist lange, lange 'er, aber damals in der guten alten Zeit war Amsterdam unter dem Namen 'amsterdam bekannt«, begann Stanley und blinzelte mit seinen wachsamen Augen Eddie zu.

»Wirklich? Hamsterdam?«, rief Bunty mit großen Augen.

»'amsterdam war damals von Millionen 'amstern bevölkert, weshalb man es auch 'amsterdam nannte«, fuhr der listige Vogel fort. »Das H wurde dann aber fallen gelassen, nachdem ein 'aufen Cockney-'amster aus dem Londoner East End dort'in gezogen war und ihr Akzent den Namen der Stadt veränderte.«

»Also, da brat mir doch einer einen Storch«, keuchte Bunty. »Wenn das so ist, muss ich dringend nach Hamsterdam reisen, um meine Wurzeln zu erforschen, Katze hin oder her. Was sagt ihr denn alle? Seid ihr dabei?«

Eddie lachte, weil alle in Jubel ausbrachen, und

plötzlich erschien ihm die Aussicht auf drei Wochen in Hamsterdam gar nicht mehr so schlimm.

»Gut, dann lass uns jetzt mit deiner Mathe'ausaufgabe anfangen, und dann bin ich schon wieder weg«, verkündete Stanley. »Ich 'abe später ein 'eißes Date.«

Die Hausaufgabe erwies sich als ziemlich schwer, aber mit Stanley Hilfe kapierte Eddie die Bruchrechnung einigermaßen, was Miss Taylor sicher endlos freuen würde, wenn er morgen seine Aufgaben bei ihr abgab.

»Jetzt, da wir das fertig 'aben, kann ich in meine Nacht starten, oder?«, fragte Stanley Eddie. »Sehe ich 'eiß aus oder nicht? Sind alle Federn an ihrem Platz? Glänzen sie 'übsch? Schnabel schön glatt? Dann mach mal das Fenster auf, damit ich meinem Date zeigen kann, wie man Spaß 'at.«

Eddie schaute dem Vogel hinterher, der über die Nachbardächer flog. Er merkte, dass er müde war. Also ging er kurz mit Butch Gassi, putzte sich die Zähne, zog seinen Pyjama an und rief seinem Dad, der im Wohnzimmer saß, Gute Nacht zu.

»Also keine Computerspiele?«, rief Dad zurück.

»Zu müde«, erwiderte Eddie.

»Schon über dein Tantchen nachgedacht?«, fragte sein Dad.

»Ja«, sagte Eddie und gähnte erneut. »Ich gehe nach Amsterdam.«

»Guter Junge.« Sein Dad klang erleichtert und glücklich. »Ich rufe sie morgen früh gleich an.«

Als Eddie mit Butch neben sich im Bett lag, starrte er hinauf zu den Leuchtsternen an seiner Decke, die Dad dort hingeklebt hatte, um einen feuchten Fleck zu verstecken. Er würde dieses Zimmer vermissen, in dem er sich umgeben von all seinen wichtigen und vertrauten Kleinigkeiten sicher fühlte.

Butch knurrte schläfrig. »Katzen«, hörte Eddie ihn murmeln. »Ich jage sie aus der Stadt.«

»Schlaf schön, Cowboy«, sagte Eddie, gähnte ein letztes Mal und drehte sich im Bett um. »Und wenn sie wirklich eine Mieze hat, dann lässt du sie schön in Ruhe.«

Butch knurrte erneut und sagte ein unflätiges Wort.

KAPiTEL 9

Die Ferien kamen für Eddies Geschmack viel zu früh. Er hatte sich auf die Sommerferien gefreut, aber jetzt war er sich da nicht mehr so sicher. Dad hatte bereits seine Reisetasche für die Fortbildung in Middlesbrough gepackt und suchte jetzt die Sachen für Eddies Reise nach Amsterdam zusammen.

»Ich habe dir ganz viele Unterhosen eingepackt«, sagte er und gab sich alle Mühe, die Kleidungsstücke zusammenzulegen, allerdings mit mäßigem Erfolg. »Und ich habe deinen Anzug dazu getan, mit Hemd und Schlips.«

»Aber den habe ich schon ewig nicht mehr getragen«, protestierte Eddie. »Der ist bestimmt inzwischen viel zu klein.«

»Red keinen Unsinn, natürlich passt er«, sagte

sein Dad. »Du brauchst ihn vielleicht, für den Fall, dass ihr irgendwo hingeht, wo es schick zugeht.«

Eddie setzte sich seufzend auf die Bettkante und hörte dem Geplauder seines Dads zu. Er konnte sich dieses »wo es schick zugeht« gut vorstellen. Teekränzchen mit Blumengestecken und massenweise alten Damen, lange, öde Gottesdienste in einer kalten Kirche, wo ein tattriger alter Holländer eine klassische Predigt hielt, während ein weiteres Fossil ihn auf einer verstimmten Orgel begleitete.

»Vergiss nicht, deine Schuhe zu polieren«, fuhr Dad fort, »und wechsle regelmäßig die Socken und putz dir die Zähne und betätige die Klospülung, wenn du dein großes Geschäft gemacht hast.«

»Mach ich doch immer«, brauste Eddie auf. »Ich ziehe immer die Spülung.«

»Aber achte noch einmal besonders darauf. Du willst nicht, dass dein armes altes Tantchen ins Klo kommt und ihr ein großer Haufen entgegenstarrt.«

»Dad!«, rief Eddie, der sich vor Peinlichkeit wand. »Ich bin doch kein kleines Kind mehr.«

»Bist du doch«, sagte sein Dad und zauste ihm das Haar. »Du bist mein kleiner Mann, und ich werde dich ganz entsetzlich vermissen. Gib deinem alten Dad ein Küsschen.«

»Dad …«, sagte Eddie, der sich jetzt noch mehr wand und sogar noch röter im Gesicht wurde. »Das ist echt uncool. Ich geh jetzt ins Wohnzimmer und sehe fern.«

Er schaltete durch die Kanäle, um eine Sendung zu finden, die keine Quiz- oder Kochshow war. Dabei hörte er, wie sein Dad in der Küche telefonierte.

»Alles klar«, sagte er gerade. »Morgen früh um zehn. Er steht schon in den Startlöchern. Wir telefonieren bald wieder. Tschüs.«

Plötzlich hatte Eddie Schmetterlinge im Bauch. Also nahm alles seinen Lauf. Morgen früh um zehn Uhr würde er irgendwohin in Amsterdam gebracht und vermutlich nie wieder gesehen werden.

»Das war deine Tante«, sagte sein Dad, der jetzt ins Wohnzimmer kam. »Sie schickt dir morgen früh ihren Fahrer. Er fährt dich den ganzen Weg nach Amsterdam mit dem Auto. Aufregend, oder?«

»Ja«, erwiderte Eddie tonlos und etwas jämmerlich. »Wahnsinnig aufregend.«

»Ach, nun sei doch nicht so, Eddie«, sagte Dad tadelnd. »Deine Tante ist eine sehr interessante Frau. Sie hat die ganze Welt bereist und ist eine bemerkenswerte Archäologin.«

Eddie knurrte. Er stellte sich ein Haus voller alter Steine und Steinköpfe ohne Nase vor.

»Ich garantiere dir, dass du dort eine wunderbare Zeit verbringen wirst«, sagte sein Dad. »Aber streng sie nicht so an, denn sie ist schon ziemlich alt. Und mach keinen Lärm.«

Eddie seufzte. Konnte es überhaupt noch schlimmer kommen?

KAPiTEL 10

Am nächsten Morgen war Eddie ganz übel vor Furcht. Heute war der große Tag, und er war nach einer unruhigen Nacht ganz früh aufgewacht. Die halbe Nacht hatte er wach gelegen und sich ausgemalt, was mit ihm passieren würde. Jetzt war er damit beschäftigt, das in seine Reisetasche zu packen, was er seine »persönlichen Dinge« nannte – sein Tagebuch und ein Notizbuch, eine Auswahl an Stiften und Bleistiften, einen Kompass, seinen Pass, die Reisedokumente der Tiere, einen Reisewecker, eine kleine Dose Fischfutter, seine Ersparnisse (acht Pfund, elf Cent, sicher im Federmäppchen verstaut) und Ruby, einen uralten Teddybär, dem ein Ohr fehlte. Es war ihm völlig egal, wenn seine Tante es kindisch fand, dass er in seinem Alter noch mit einem Teddybär einschlief. Er hatte Ruby schon so lange, wie er denken konnte, und würde ohne ihn nirgendwohin gehen – und damit basta.

Bunty nahm kritisch ihre Unterbringung im Reisekäfig in Augenschein, und die Fische schmollten mal wieder, weil Eddie sie in einen viel kleineren Plastikbehälter mit einem Deckel voller Luftlöcher geschüttet hatte, damit sie nicht das Auto vollspritzten. Butch bewunderte seinen neuen Mantel im Schrankspiegel.

»Nicht übel«, sagte er und drehte sich, um seinen Hin-

tern begutachten zu können. »Aber ich weiß nicht, warum ich nicht meinen Poncho tragen soll.«

»Weil Dad sagt, dass er abgeschabt aussieht. Er will, dass du einen guten Eindruck machst – deshalb«, sagte Eddie und zog den Reißverschluss seiner Reisetasche zu.

»Hah«, erwiderte Butch. »Aber mexikanische Banditen tragen keine Karomäntel, oder? Das muss ihm mal jemand stecken.«

»Wisst ihr, wenn der Wind gut steht, fliege ich vielleicht 'inüber und besuche euch«, sagte Stanley, der auf seinem angestammten Platz auf der Fensterbank hockte. »Ich könnte einen kleinen Urlaub gut gebrauchen.« Plötzlich stieß er einen langen Pfiff aus. »Mannomann«, sagte er. »Wartet nur, bis ihr diese Schön'cit da draußen seht.«

»Was ist los?«, fragte Eddie.

»Vermutlich irgendeine Krähendame«, sagte Butch etwas abwesend, weil er immer noch mit seinem neuen Mantel beschäftigt war.

Eddie kletterte über sein Bett, um aus dem Fenster zu schauen … und keuchte auf, als er das Auto sah, das vor dem Haus hielt.

»Wow!«, brachte er nur noch heraus. Mit offenem Mund starrte er auf das schönste Auto, das er je gesehen hatte. Es war lang und elegant. Die Motorhaube war tiefrot, die Karosserie cremefarben. Die verchromten Teile glänzten wie poliertes Silber. Eddie war sprachlos.

»Das ist ein Bentley-Coupé-Oldtimer«, bemerkte Stanley wissend, aber er war ebenso beeindruckt wie Eddie. »Sieh ihn dir nur an – die reine Eleganz und Klasse. Wem der wohl gehört?«

In der ganzen Nachbarschaft sah man, wie sich die Vorhänge hinter den Fenstern bewegten, weil die Leute einen Blick auf das großartige Fahrzeug werfen wollten, das wie ein Paradiesvogel zwischen all den anderen normalen und langweiligen Autos in der Straße stand.

Ein sehr hochgewachsener, sehr hagerer und sehr alter Mann stieg aus. Er trug eine Schirmmütze und eine dunkelblaue Uniform. Zu Eddies Überraschung öffnete er ihre Pforte, kam zur Haustür und klingelte.

»Das ist der Fahrer deines Tantchens!«, rief Stanley begeistert aus. »Das Auto ist deinetwegen hier!«

Das riss Eddie aus seiner trüben Stimmung, und kribbelnde Aufregung erfüllte ihn. »Wow!«, brachte er nur heraus – schon wieder –, dann rannte er zur Haustür.

»Ich bin Whetstone, Lady Sprocketts Chauffeur, Sir«, sagte der hochgewachsene Mann zu Eddies Dad. »Ich hole wie gewünscht den Jungen ab.«

»Na, und hier ist er schon, wie aufs Stichwort«, antwortete Eddies Dad. »Und er sieht viel fröhlicher aus als vor noch ein paar Minuten, wage ich zu behaupten.«

Eddie war noch nie von seinem Dad getrennt gewesen, schon gar nicht so lange, und jetzt, da die Zeit für den Abschied gekommen war, fühlte er sich plötzlich sehr einsam. Er hatte einen Kloß im Hals, der sich anfühlte wie ein verschluckter Golfball, und versuchte verzweifelt, die Tränen zurückzuhalten, als er seinen Dad umarmte. Was sollte er tun, wenn seinem Dad in Middlesbrough etwas Schreckliches passierte, was auch immer? Eddie musste dann vielleicht bei seiner Tante bleiben, die ihn zweifellos in ein Internat in der schottischen Wildnis schicken würde. Dort würde er um sechs Uhr morgens aufstehen und einen langen Lauf absolvieren müssen, egal, wie das Wetter war, gefolgt von einer kalten Dusche und klumpigem Haferbrei.

»Kopf hoch, kleiner Mann«, sagte Dad, als Eddie ihn umarmte. »Ich bin ganz bald wieder da. Bis dahin willst du vielleicht gar nicht mehr nach Hause zurück.«

»Machst du Witze?«, sagte Eddie und versuchte zu schlucken, aber der Golfball war im Weg. »Ich will überhaupt gar nicht gehen.«

Sein Dad lachte und zwinkerte ihm zu. »Wir werden sehen«, sagte er nur.

Draußen hatte sich um das Auto eine ziemlich große Menschenmenge gebildet. Selbst Mr Alis Katze gab sich die Ehre. Alle wollten unbedingt sehen, für wen dieses Auto gekommen war.

Das Innere des Wagens bestand aus cremefarbenen Lederpolstern und glänzendem Holz. Es roch darin sehr teuer und neu.

»Wunderschön. Das ist, als säße man in einem Baiserkuchen. Außen weiß und drinnen weich und lecker«, hörte Eddie Bunty in ihrem Reisekäfig sagen, als er auf die Rückbank kletterte.

»Aber wehe, du nagst an den Holzteilen oder den Sitzen herum«, warnte Eddie sie. »Weißt du überhaupt, wie Baiser schmeckt?«

»Ich würde die Innenausstattung doch im Traum nicht anknabbern«, erwiderte Bunty hochmütig. »Aber was Baiser angeht ... also, in der Offiziersmesse gab es da mal einen Teenachmittag, bei dem ich über den Tisch geschlichen bin und mich in einen hineingefressen habe. Hmmm, himmlisch«, fügte sie schwärmerisch hinzu.

Butch war begeistert darüber, dass die Nachbarn in den Wagen hereinschauten, und er hüpfte auf dem Sitz auf und nieder und kläffte aufgeregt.

»Yeah, Baby!«, rief er Mrs King zu, die nebenan wohnte. Sie tippte gegen das Fenster und winkte ihm zu. »Wir ziehen jetzt zur Queen«, kläffte er.

Die Fische schmollten immer noch.

»Haben Sie sich angeschnallt?«, fragte Whetstone und startete den Motor. »Denn wenn Sie bereit sind, Sir, wäre es das Beste aufzubrechen. Würde den Zug ungern verpassen.«

Eddie winkte seinem Dad zu, und das Auto fuhr los. Er spürte, wie sich der Golfball in seiner Kehle in einen Rugby-Ball verwandelte, als er zusah, wie sein Dad immer kleiner wurde und schließlich verschwand.

Aber dann, als das Auto langsam um die Ecke fuhr, löste sich der Ball schnell und wie durch Zauberhand auf. Denn dort stand Quentin mit einer Eiswaffel in der Hand. Er war wie erstarrt, und ihm fielen beinahe die Augen aus dem Kopf. Sein Mund stand so weit offen, dass darin ein Vogel mitsamt Nest und Kü-

ken Platz gehabt hätte. Er schien beim Anblick von Eddie auf dem Rücksitz des wunderschönen Wagens von Ehrfurcht ergriffen zu sein.

Eddie winkte ihm fröhlich zu und rief: »Bis bald!«, obwohl er wusste, dass Quentin ihn nicht hören konnte.

Quentin war so überwältigt, dass er den Arm sinken ließ. Die riesige, noch nicht angeleckte Vanilleeiskugel mit Schoko- und Zuckerstreuseln glitt von seiner Waffel und klatschte auf den Bürgersteig.

Er war nicht sicher, was ihn mehr ärgerte – dass das Eis, das er noch nicht einmal probiert hatte, jetzt auf dem Bürgersteig vor sich hin schmolz, oder der Anblick von Eddie auf dem Rücksitz dieses sensationellen Autos.

Vielleicht gibt es eine Wohltätigkeitsorganisation, die mit den Kindern armer Leute Ausflüge macht, sagte er sich, als er mit mürrischem Gesicht nach Hause ging. *Oder sein Dad hat im Lotto gewonnen.* Quentin blieb wie angewurzelt stehen, entsetzt von dem Gedanken, dass Eddies Dad womöglich plötzlich extrem reich war.

»Auf keinen Fall«, murmelte er wütend vor sich hin. »Es kann nicht sein, dass Eddie Alberts Dad reicher ist als meiner. Das kann einfach nicht sein.« Er ließ sich von seiner Wut überwältigen und trat gegen eine Mauer, tat sich dabei am großen Zeh weh und jaulte vor Schmerz auf.

»Das ist alles Eddie Alberts Schuld«, stöhnte er und hüpfte auf einem Bein. »Er hat mich dazu gebracht.«

Und damit humpelte er nach Hause und tat sich unendlich leid.

KAPITEL 11

Eddie für seinen Teil war plötzlich ganz heiter. Bunty war aus ihrem Reisekäfig gekrabbelt, wie sie es nannte, und untersuchte ihre Umgebung. »Wunderschönes Fahrzeug«, bemerkte sie. »Erinnert mich an ein ähnliches Automobil, in dem der Feldmarschall reiste, wenn er den Stützpunkt besuchte.«

»Was hattest du denn im Auto eines so hohen Offiziers zu suchen?«, fragte Butch eifersüchtig. Er wollte wissen, wie es ein armseliger Hamster geschafft hatte, in so einem wunderbaren Auto fahren zu dürfen.

»Wie du bereits weißt, war ich das Maskottchen des Regiments«, erwiderte Bunty stolz, »und daher hatte ich das Recht auf derlei Privilegien.«

»Oh«, gähnte Butch, der sich schon bei dem Gedanken daran zu Tode langweilte, in einem Auto eingesperrt zu sein und Buntys langatmigen Erzählungen aus ihrem Leben bei der Königlichen Luftwaffe zuhören zu müssen. Er wandte sich hastig von ihr ab, drückte seine Schnauze gegen das Fenster und starrte hinaus. Sein warmer Atem ließ die Scheibe beschlagen.

»Wie ist mein Tantchen denn so, Mr Whetstone?«, frage Eddie den Fahrer. »Wissen Sie, ich habe sie noch nicht kennengelernt. Ist sie nett?«

»Nett?«, prustete Whetstone, den die Frage offenbar sehr amüsierte. Er kicherte vor sich hin. »Ich würde sagen, sie ist eher ...« Er unterbrach sich, um nach einem passenderen Wort zu suchen, mit dem er Lady Buddleia beschreiben konnte.

»Eher was?«, drängte Eddie begierig.

»Eher wie ... dieses Auto«, brachte Whetstone hervor, der jetzt vor Lachen keuchte. »Sie ist einzigartig. Sie werden sie ja bald kennenlernen, dann können Sie sich eine eigene Meinung bilden.«

»Danke, Mr Whetstone«, sagte Eddie. Wenn

dieser großartige Wagen tatsächlich als Vergleich taugte, musste seine Tante wirklich einzigartig sein.

»Falls die Autobahn frei ist, sind wir ganz schnell am Tunnel«, sagte Whetstone und sah Eddie im Spiegel in die Augen. »Übrigens müssen Sie mich nicht Sir nennen. Ein schlichtes Whetstone reicht absolut aus. Und jetzt lehnen Sie sich zurück und genießen Sie die Fahrt.«

Es war aufregend, in Folkestone auf den Autozug und dann durch den langen Tunnel unter dem Ärmelkanal hindurch zu fahren, um fünfunddreißig Minuten später im französischen Calais wieder herauszukommen.

»Willkommen in Frankreich, junger Eddie«, sagte Whetstone. »Jetzt fahren wir nur noch geradeaus nach Holland.«

Sie durchquerten Frankreich und Belgien. In Gent machten sie Pause, um sich die Beine zu vertreten. Als sie bei Antwerpen in einen Stau gerieten, nickte Eddie ein, der in der Nacht zuvor kaum geschlafen hatte. Schließlich fiel er mit Butch auf dem

Schoß in einen Tiefschlaf. Der Hund war ebenfalls eingeschlafen und schnarchte vernehmlich.

Eddie hatte einen merkwürdigen Traum, in dem er nach jemandem suchte, ohne recht zu wissen, wer das sein sollte. Er klopfte an die Türen fremder Leute und rief durch den Briefkastenschlitz: »Bist du da drin?«

Schließlich krabbelte er in einen langen, dunklen Tunnel und hörte, wie eine Stimme rief: »Wir sind da!«

»Wo?«, fragte er immer wieder, aber die Stimme wiederholte nur: »Wir sind da. Wachen Sie auf. Wir sind da.«

Er schreckte hoch, und einen Moment lang wusste er nicht, wo er war.

»Wachen Sie auf, Mr Eddie«, sagte Whetstone. »Wir sind da. Wir sind in Amsterdam.«

Eddie setzte sich hastig auf und schaute aus dem Fenster. Sein erster Gedanke war: *Wo sind denn die ganzen Windmühlen?* Er sah nur Läden mit Schildern darüber, deren Sprache er nicht verstand, und alle schienen auf Fahrrädern zu sitzen. Eddies eigenes Fahrrad war vor ein paar Monaten vor einem Laden geklaut worden, und er vermisste es sehr, nicht mehr zur Schule fahren zu können. Vielleicht konnte er hier ein Fahrrad leihen oder sogar eins mieten, wenn das nicht zu teuer war. Er würde seine Tante fragen, sie wusste das sicher.

Kirchenglocken läuteten eine wunderschöne Melodie, von der Eddie glaubte, sie irgendwo schon einmal gehört zu haben. »Diese Glocken spielen doch einen Beatles-Song«, sagte er zu Whetstone.

»Stimmt«, erwiderte dieser. »Das ist die *Westerkerk*. Diese alten Kirchenglocken können alle möglichen Melodien spielen. Wussten Sie, dass *kerk* das holländische Wort für Kirche ist?«

Sie bogen in eine lange Straße namens *Keizersgracht* ein, in der Tante Budge wohnte. Alles, was Eddie herausbrachte, als er die hohen, eleganten Häuser mit Blick auf die Kanäle sah, war: »Wow, das ist aber schön!«

»Das ist es wirklich«, stimmte Whetstone ihm zu. »Das hier sind die berühmten Grachtenhäuser von Alt-Amsterdam«, erklärte er und hielt an, um eine

Gruppe Fahrradfahrer vorbeizulassen. »Sie stehen hier schon sehr lange. Das Haus Ihrer Tante wurde im Jahr 1667 erbaut, ein Jahr nach dem Großen Brand von London.«

»Wow«, sagte Eddie erneut.

Sie fuhren über eine kleine gewölbte Brücke, an deren Geländer mehrere Hundert Fahrräder festgeschlossen waren, und kamen schließlich vor Tante Budges Haus an.

»Hier ist es«, sagte Whetstone. »Sind Sie bereit, Ihre Tante kennenzulernen?«

KAPiTEL 12

Der Wagen hatte vor einem der größeren Häuser gehalten. Während Whetstone das Gepäck aus dem Kofferraum lud, stand Eddie da und zählte die Stockwerke. Es waren insgesamt sechs, einschließlich Erdgeschoss, und das Haus wirkte überhaupt sehr imposant. Ganz anders als das kleine Häuschen, von dem seine Tante seinem Dad gegenüber am Telefon gesprochen hatte.

Plötzlich öffnete sich die Tür, und eine kleine, ausgesprochen aufgelöste Dame kam aus der Küche dahinter geschossen. Sie hatte sich eine große weiße Schürze umgebunden, das Haar hatte sie unter einem Tuch versteckt, und an den Füßen trug sie ein Paar abgewetzte Turnschuhe. Außerdem war sie mit Mehl bedeckt.

Sie rannte auf Eddie zu und umarmte ihn so fest, dass es ihm den Atem nahm. Er sah, wie dabei kleine Mehlwölkchen aus ihrer Kleidung aufstäubten.

Das muss wohl die Köchin sein, dachte Eddie und versuchte, sich von ihr zu lösen. Und zwar eine ziemlich freundliche Köchin.

»Ich heiße Eddie«, sagte er ängstlich, als ihn die Köchin losgelassen hatte. »Ist meine Tante da? Sie weiß, dass ich komme. Ich bin ihr Neffe.«

Die Köchin brüllte vor Lachen. Sie nahm das Kopftuch ab und schrie: »Aber ich bin doch deine Tante Budge! Was hast du denn gedacht, wer ich bin? Eine von den Mitarbeiterinnen?«

Es war Eddie so peinlich, dass er nur noch grinsen konnte.

»Ach, mein Schatz, gib doch deiner Tante ein Küsschen«, sagte sie. Sie strahlte wie ein Honigkuchenpferd und zog Eddie erneut an sich. »Es ist ja so schön, dich kennenzulernen«, sprudelte sie. »Du meine Güte, wie sehr du mich an deine liebe Mutter erinnerst. Dasselbe blonde Haar, dieselben großen blauen Augen. Ich wusste ja gar nicht, dass du so gut aussiehst.«

Eddie wurde tiefrot.

»Danke, Ihre Majestät«, erwiderte er und deutete eine Verbeugung an, weil ihm einfiel, dass sein Dad gesagt hatte, sie sei adelig.

»Also bitte, mein Lieber«, sagte Tante Budge

beschwörend. »Ich bin ganz sicher keine Majestät und auch nur eine angeheiratete Lady. Weißt du, mein verstorbener Ehemann, dein Onkel Reginald, war ein Lord qua Geburt, und als wir heirateten, wurde ich deswegen automatisch zur Lady. Piekfein«, fügte sie hinzu und zwinkerte Eddie zu. »So, jetzt komm rein in die Küche – ich habe einen Kuchen gebacken! – und bring deine süßen Tierchen mit, ich kann es kaum erwarten, sie kennenzulernen. Whetstone wird den Wagen ausladen und deine Sachen in dein Zimmer bringen. Ich habe dir das Dachzimmer zurechtgemacht – es wird dir sicher gefallen. Hatten Sie denn eine gute Fahrt?«, fragte sie Whetstone. »Keine Beulen oder Kratzer oder Knöllchen wegen überhöhter Geschwindigkeit, hoffe ich? Gut. Jetzt komm mal mit, Eddie. Es geht hier zwei Stufen hinunter, also pass auf deinen Kopf auf.«

Die Küche war groß und mit Steinkacheln gefliest. Es war schön, aus der warmen Spätnachmittagssonne in den kühlen Raum zu treten. Wenn es nicht den großen Herd und den riesigen Kühlschrank gegeben hätte, hätte Eddie geglaubt, in ein vergangenes Jahrhundert versetzt worden zu sein.

Butch spazierte durch die Küche und schnüffelte unter den großen Eichenschränken herum, um zu sehen, ob es da etwas gab, worauf er herumkauen konnte. Eddie stellte Buntys Reisekäfig neben den Wasserbehälter mit den Fischen, den er wiederum auf einem kleinen Schränkchen platziert hatte.

»Pssst!«, zischte Bunty hinter dem Netz hervor, mit dem ihre Tür bespannt war. »Frag mal, ob sie eine Katze hat.«

»Nein, haben wir nicht«, antwortete Tante Budge automatisch.

»Wir haben was nicht?«, fragte Eddie.

»Eine Katze«, sagte Tante Budge.

»Aber ich habe doch gar nicht gefragt, ob du eine Katze …«, rief Eddie aus, um dann zu verstummen.

Tante Budge wirkte plötzlich ein wenig nervös. »Wolltest du mich das nicht fragen?«, sagte sie, und ihre Stimme klang ganz hoch. »Ich dachte nur, dass du wegen des Hundes, des Hamsters und der Fische sicher als Erstes wissen willst, ob ich eine Katze habe. So, ich hole dem lieben kleinen Hündchen jetzt mal eine Schüssel Wasser und schaue nach, ob ich vielleicht noch ein paar Nüsse für den Hamster habe.«

»Oh, machen Sie sich wegen uns nur keine Umstände«, maulte Jake aus seinem Wasserbehälter. »Wir bleiben einfach hier in diesem Plastikbehälter wie ein Ausstellungsstück in einer Kunstgalerie.«

»Was diese beiden kleinen Fische angeht«, sagte Tante Budge, während sie eine Schüssel Wasser auf den Boden stellte, »für die habe ich ein schönes großes Aquarium in einem der Gästezimmer. Ich sage Whetstone, dass er es suchen gehen soll. Es hat all diese Filter und so, und ich bin mir sicher, dass die Fische darin deutlich glücklicher sind.«

Eddie war verwirrt. Hatte Tante Budge etwa gehört, was Jake gesagt hatte, oder war es nur Zufall, dass sie das Aquarium erwähnt hatte? Und was war mit Bunty und der Katze? Hatte sie den Hamster etwa verstanden?

Nein, das kann nicht sein, sagte er sich. *Das muss ein Zufall gewesen sein.*

»Ihr seid früher dran als erwartet«, sagte Tante Budge und schepperte in der Küche herum. »Was erklärt, warum ich nicht anständig angezogen bin. Whetstone ist doch wohl nicht zu schnell gefahren, oder? Er neigt zum Bleifuß. Ich sage ihm immer: Nur, weil auf dem Schild 100 Kilometer pro Stunde steht, muss man nicht unbedingt auch genauso schnell fahren.«

Sie redete ununterbrochen, flitzte durch die Küche, nahm Dinge in die Hand und stellte sie wieder hin. »Ich befürchte, meine Köchin kommt früh nach Hause. Sie ist aus Bayern und ganz großartig, aber sie verbietet mir, auch nur in die Nähe ihrer Küche zu kommen. Ja, *ihrer* Küche, so nennt sie sie. Sie sagt, ich hinterließe das reinste Chaos, was natürlich Quatsch ist. Aber ich traue mich nicht zu widersprechen, weil sie so herrisch ist.«

Eddie schaute sich um, sah benutzte Schüsseln und Pfannen, ein zerbrochenes Ei auf dem Tisch, das über die Kante auf den Boden tropfte, und dachte bei sich, dass Tante Budges Köchin vielleicht doch nicht ganz unrecht hatte.

»Lady Buddleia …«, begann er, um ihren Redefluss zu unterbrechen.

»Ach bitte«, sagte sie sofort, »nenn mich doch nicht so. Das klingt, als trüge ich einen großen Hut und müsste ein Dorffest eröffnen.«

»Aber wie soll ich dich dann nennen?«, fragte Eddie.

»Ich sag dir was«, sagte Tante Budge und schob eine Schüssel mit einem Holzkochlöffel darin vom Stuhl, damit sie sich setzen konnte. »Als ich noch ein Mädchen war, konnte meine kleine Schwester den Namen ›Buddleia‹ nicht aussprechen – es ist ja auch ein absolut unangemessener Name für jemanden, der keinerlei Ähnlichkeit mit einer Pflanze hat. Also nannte sie mich Bungie, was schließlich zu Budge wurde. Die ganze Familie – jedenfalls das, was von ihr übrig ist – nennt mich Budge, also kannst du das auch tun.«

»Okey-dokey«, sagte Eddie und grinste. »Also Tante Budge.«

»Hervorragend!«, rief sie. »Dann lass uns mal nach oben gehen. Ich nehme an, du willst dich nach der Reise gern ein wenig frisch machen, daher zeige ich dir jetzt dein Zimmer. Aber pass auf: In diesem Haus gibt es eine Menge Stufen, und abgesehen von der Treppe im Flur sind sie alle ziemlich steil und eng, wie in allen holländischen Häusern. Ich weiß nicht, wie die Köchin das mit ihren großen Füßen schafft. Die sind wirklich enorm groß, wie bei einem Hobbit …«

Tante Budge brach mitten in ihrem Satz ab, weil sie eine sehr große Frau oben auf der Treppe stehen sah.

»Was machen Sie in meiner Küche?«, verlangte die große Frau zu wissen. »Und dann noch mit einem Hund?« Sie sah Butch böse an, der sie daraufhin anknurrte.

»Sichst du, was ich meine?«, flüsterte Tante Budge aus dem Mundwinkel. »Sie denkt, das Haus gehöre ihr.«

Eddie lächelte.

»Ich habe nur für meinen Neffen einen Kuchen gebacken«, sagte Tante Budge jetzt laut und entschuldigend, »und ich kann Ihnen versichern, dass dieser süße kleine Hund makellos sauber ist. Er gehört meinem Neffen. Wenn ich ihn Ihnen vorstellen darf – Eddie, das ist Miss Schmidt, die beste Köchin in ganz Europa.« Tante Budge fügte den letzten Halbsatz hinzu, um ihr zu schmeicheln, in der Hoffnung, dass sie das Chaos in der Küche übersehen würde.

Miss Schmidt nickte. »Schön, dich kennenzulernen«, sagte sie mit einer sehr tiefen Stimme zu Eddie.

»Gleichfalls«, erwiderte Eddie mit einem schmalzigen Lächeln.

»Könnten Sie mir vielleicht etwas erklären, Lady B?«, fragte Miss Schmidt mit finsterem Gesichtsausdruck. »Was genau riecht da so verbrannt in meiner Küche?«

»Der Kuchen!«, schrie Tante Budge und rannte die Treppe wieder hinunter. »Den habe ich ja völlig vergessen.«

»Deine Tante ist eine merkwürdige Frau«, seufzte Miss Schmidt und ging hinter Tante Budge die Treppe hinunter. »Möge der Herrgott dich schützen, Kind.«

KAPiTEL 13

Wegen des Chaos in der Küche gab es viel Ärger. Miss Schmidt drohte mit Kündigung, bis Tante Budge feierlich schwor, die Küche nie wieder zu betreten. Miss Schmidt, die davon halbwegs besänftigt schien, begann aufzuräumen und etwas zu essen zu machen, wobei sie in ihrer Muttersprache böse vor sich hin murmelte und Tomaten schnitt.

Sie aßen ihr Mittagessen in dem Zimmer, das Tante Budge den Morgensalon nannte. Abgesehen von Schulausflügen ins Museum und einem Abstecher in eine Kunstgalerie hatte Eddie noch nie einen so großartigen Raum gesehen. Er hatte eine sehr hohe Decke mit kunstvollem Stuck an den Rändern, und von der Mitte der Decke hing ein prunkvoller Kristallkronleuchter hinab. Es gab drei große Fens-

ter, die jeweils statt einer Fensterbank einen gepolsterten Sitz hatten, sodass man von dort aus auf die Grachten und die Straße hinunterschauen konnte. Die Wände dieses Salons waren mit handbemalter blassblauer und hellgelber Seide bezogen, und an jeder Wand hingen eindrucksvolle Ölgemälde, die Pferde, strenge Männer in Uniform und kummervoll dreinschauende Frauen mit großen Hüten zeigten.

»Die Vorfahren meines verstorbenen Gatten«, erklärte Tante Budge, weil sie bemerkte, dass sich Eddie für die Bilder zu interessieren schien. Sie wedelte mit einem Stangensellerie herum wie mit einem Zeigestock und deutete auf jedes einzelne Porträt. »Dieser Kerl hier mit dem großen Schnurrbart über dem Schreibtisch ist der ehrenwerte Jasper Sprockett. Er war ein unerschrockener Forschungsreisender, der unglücklicherweise von einem Rhinozeros totgetrampelt wurde. Und die ziemlich schicke Frau neben der Tür ist Lady Araminta Sprockett, die Ur-Urgroßtante meines Gatten. Der Künstler sollte seine Modelle schmeichelhafter darstellen, als sie in natura aussahen, das galt besonders für Araminta, die ganz sicher nicht so fülliges Haar hatte wie auf dem Porträt und auch keine perlweißen Zähne. In Wirklichkeit war sie so kahl wie ein hartgekochtes Ei und hatte keinen einzigen Zahn mehr im Mund.«

Eddie kicherte. Tante Budge war gar nicht die missmutige alte Dame, als die er sie sich vorgestellt hatte. Sie war lustig, lebhaft und sehr interessant, und das Haus, das sie »klein« genannt hatte, war alles, nur nicht klein. Die Tiere waren Tante Budges Charme bereits erlegen. Sie hatte die Fische in ihrem großen neuen Aquarium neben das Fenster gestellt, aber so, dass die Sonne nicht direkt hineinschien, nun konnten sie auf die Gracht hinunterschauen. Außerdem hatte sie darauf bestanden, Bunty frei herumlaufen zu lassen.

Auch Butch war völlig hingerissen von Tante Budge und hatte sich auf ihrem Schoß zusammengerollt, mit einem zufriedenen Lächeln im Gesicht, weil sie seine Ohren streichelte.

»Also«, verkündete sie, als sie mit Essen fertig waren, »ich schlage vor, dass wir das Boot nehmen,

bevor es dunkel wird. Dir wird eine kleine Ausfahrt auf den Grachten vor dem Abendessen sicher Spaß machen.«

Vor Tante Budges Haus lag ein kleines Boot mit Elektromotor, und bald schipperten sie die Grachten entlang. Bunty saß in Eddies Hemdtasche, Butch hing über den Bootsrand und bellte das Wasser an, und Tante Budge stand mit einer Matrosenmütze auf dem Kopf am Steuerrad.

Eddie war fasziniert von dem Verkehr auf dem Kanal. Die langen Touristenboote waren voller Menschen, die die Szenerie genossen, und Teenager traten auf ihren Tretbooten wie wild in die Pedale und versuchten, in einer geraden Linie zu

fahren. Es gab Partyboote, Boote mit Familien drauf, die an Bord picknickten, sogar eins mit einer Frau in einem Hochzeitskleid darauf, die allen zuwinkte. Eddie nahm an, dass sie gerade geheiratet hatte.

»Ich glaube, du setzt dir jetzt die Mütze auf«, sagte Tante Budge nach einer Weile.

»Ich?«, fragte Eddie, überrascht davon, dass sie ihm zutraute, ein Motorboot zu lenken, obwohl er so etwas noch nie zuvor getan hatte.

»Na ja, mit Butch habe ich jedenfalls nicht geredet«, erwiderte sie lächelnd. »Es ist ganz leicht – fahr einfach rechts geradeaus, auf dem Rückweg dann links – große Boote haben Vorfahrt vor kleinen. Halte schön langsam und gleichmäßig Kurs … ach so, und die Hausboote solltest du nicht rammen.«

Ehe Eddie sich's versah, steuerte er das Boot und trug dabei Tante Budges Matrosenmütze. Nachdem er sich unter einer Brücke einen kleinen Kratzer eingefangen und einen schwierigen Moment mit einem sehr großen Touristenschiff gemeistert hatte, knatterte er bald wie ein alter Hase durch die Grachten.

Als er fachmännisch unter einer Brücke hindurch fuhr, fühlte er sich plötzlich so befreit. Er hatte das Gefühl, in der Lage zu sein, alles zu tun, was er wollte. Wenn er nur daran dachte, dass er noch am selben Morgen solche Angst davor gehabt hatte, nach Amsterdam zu fahren! Und jetzt steuerte er ein Boot durch einen Kanal! Das Glücksgefühl in Eddies Bauch sagte ihm, dass es sehr gut sein konnte, dass es ihm hier gefallen würde.

KAPiTEL 14

In der nächsten Woche berührten Eddies Füße kaum je den Boden, weil er die meiste Zeit auf dem Fahrrad verbrachte. Das prachtvolle Auto blieb in der Garage – Tante Budge war eine begeisterte Fahrradfahrerin und nahm stets lieber das Zweirad. Eddies Fahrrad war Teil ihrer Sammlung, die sie im Gartenschuppen hinter dem Haus aufbewahrte.

Whetstone hatte es geputzt und aufgepumpt, und obwohl es ein wenig altmodisch war, flitzte Eddie damit glücklich durch die Stadt. Sie fuhren durch den großen Park, von dem Tante Budge sagte, dass er *Volderpark* heiße, und Butch genoss die Fahrt in dem Korb, der an Tante Budges Lenker befestigt war.

Sie besuchten Museen und Kunstgalerien und

den Blumenmarkt, und am Sonntagmorgen ging Tante Budge auf dem Markt des *Jordaan* einkaufen. Mit seinem Dad fand Eddie Einkaufen meist etwas langweilig, aber der Markt im *Jordaan* war wie Aladdins Höhle, in der man anscheinend alles bekommen konnte, was das Herz begehrte. Es gab Stände mit Eiern und Käse, frischem Brot und allen möglichen Sorten von Pilzen. Dann waren da andere, auf denen Obst und Gemüse hoch aufgeschichtet waren, außerdem verkaufte man dort auch frische, duftende Kräuter. Es gab Stände mit Secondhandkleidern, Antiquitäten und Trödel, alten Büchern, Spielzeug, großen Blumensträußen, Töpferwaren, Hüten, Kerzen, Gewürzen und köstlich aussehenden Kuchen, denen Tante Budge einfach nicht widerstehen konnte. Sie kaufte eine große Himbeertorte und reichte sie Whetstone, der die Tüten trug.

Als Tante Budge das Gefühl hatte, alles zu haben, was sie brauchte – und dazu einiges, was sie nicht brauchte, aber »einfach nicht liegen lassen konnte« –, schickte sie Whetstone mit den Einkäufen nach Hause und ging mit Eddie in ein Café, um dort Apfelkuchen zu essen und dazu einen großen Becher heiße Schokolade zu trinken.

Eddie liebte das Leben in Amsterdam.

Als sie an jenem Samstagvormittag nach Hause kamen, verkündete Tante Budge, dass die zwei Stücke Apfelkuchen im Café sie schläfrig gemacht hätten, und entschuldigte sich, weil sie sich ein wenig hinlegen wollte. Butch war völlig aufgedreht, und Eddie beschloss, ihn auf einem kleinen Gassigang ein wenig von seiner Energie abbauen zu lassen, damit er nicht wie verrückt durch die Räume flitzte.

Sie traten aus der Haustür. Ein Mädchen, das auf der obersten Stufe des Nachbarhauses saß, pfiff durchdringend. Eddie schaute auf.

»Wer bist du?«, fragte sie und starrte ihn an.

»Und wer bist du?«, fragte Eddie zurück. Er fand das Mädchen ein bisschen unhöflich.

»Ich habe zuerst gefragt«, sagte sie und vergrub die Hände in den Taschen ihrer kurzen Hose.

»Also, ich heiße Eddie«, sagte er. »Und wie heißt du?«

»Floortje Anna Maria Antonia Uffen«, sagte sie. »Aber alle nennen mich Flo. Meine Mutter ist Brasilianerin, und mein Vater ist Niederländer.«

»Hallo, Flo. Hey, das reimt sich«, sagte Eddie und grinste.

Flo sah ihn an, als hätte sie kein Wort verstanden. »Wer ist denn die alte Frau nebenan? Deine Großmutter?«

»Nein, sie ist meine Tante.«

»Ihr gehört das ganze Haus?«

»Ja.«

»Wir wohnen in einer Wohnung ganz oben in unserem Haus.«

»Oh.«

»Wohnst du jetzt hier?«, fragte sie.

»Ja, aber nur während der Schulferien.«

»Magst du deine Schule? Hast du da viele Freunde?«

Eddie fand, dass sie wirklich viele Fragen stellte.

»Na ja, besonders scharf bin ich nicht auf die Schule«, sagte er, »und mit den anderen Kindern komme ich auch nicht immer nur super zurecht.«

»Mir geht's genauso«, erwiderte Flo und sprang von der obersten Stufe hinunter. »Ich gehe auf eine ganz merkwürdige Schule. Da gibt es Schachwettkämpfe und solche Sachen, die mich wirklich kein Stück interessieren, und meine Mitschüler sind alle so laaaaaangweilig und soooooooo piekfein, dass ich mich nicht mit ihnen abgebe. Wir haben einfach gar nichts gemeinsam. Jeder Tag ist gleich, jede Unterhaltung ist gleich, und sie schimpfen ständig mit mir, weil ich außerhalb der Schule die blöde Mütze nicht tragen will. Weißt du«, fuhr sie fort, »sie finden mich komisch, weil ich Boxen trainiere. Warum sollten Mädchen nicht lernen zu boxen? Das alles ist sooooo öde. Ich wünschte, es würde irgendetwas Aufregendes passieren.«

»Was denn?«, fragte Eddie.

»Weiß auch nicht«, sagte sie, zuckte die Achseln und drehte sich einmal um die eigene Achse. »Irgendwas.«

Dann hörte sie auf, sich zu drehen, und setzte sich wieder auf die Stufe.

Beide schwiegen einen Augenblick. Die Stille

war ein wenig unangenehm, weil keiner von ihnen wusste, was er sagen sollte. Eddie interessierte sich plötzlich sehr für Butchs Halsband und bückte sich, um daran herumzunesteln, obwohl es vollkommen richtig saß.

Plötzlich sagte Flo: »Niedlicher Hund.«

»Danke«, antwortete Eddie. »Ich gehe jetzt mit ihm Gassi.«

»Was ist er denn für eine Rasse?«, fragte sie.

Eddie erklärte, dass Butch eine Kreuzung aus einem Chihuahua und einem Jack Russell war.

»Hm, schlau und hübsch«, sagte sie. Butch, der durch Schmeicheleien stets rumzukriegen war, rannte bellend die Stufen hinauf und sprang in ihren Schoß.

»Er heißt Butch«, sagte Eddie, »und ich glaube, er mag dich.«

»Ich bin gerade aus dem Urlaub auf Spanien zurück«, sagte sie, während Butch ihr die Wange ableckte.

»Dem Urlaub *in* Spanien«, korrigierte Eddie sie automatisch und ohne nachzudenken, nur um es sofort zu bereuen, weil Flo ihn wütend ansah.

»Sprichst du Niederländisch?«, wollte sie wissen.

Eddie schüttelte den Kopf.

»Dann halt den Mund. Ich spreche Englisch, Portugiesisch und Niederländisch, daher ist es sehr unhöflich, mich zu verbessern.«

Eddie entschuldigte sich und sagte ihr, dass ihr Englisch sehr gut sei, was sie ein wenig zu beschwichtigen schien.

»Schon okay«, erwiderte sie mit einem Lächeln. Dann stand sie auf und rannte mit Butch unter dem

Arm die Stufen herunter. »Schon vergessen. Kann ich mit euch Gassi gehen?«

Flo war genauso alt wie Eddie, nur ein kleines Stück größer als er, und hatte langes dunkles Haar und blitzende grüne Augen. Außerdem war sie ausgesprochen lebhaft und hörte niemals auf zu reden – tatsächlich war sie darin genauso schlimm wie Tante Budge.

Eddie beneidete sie um ihre Selbstsicherheit und ihr Draufgängertum. Butch war bereits in sie verliebt und blickte bewundernd zu ihr auf, wenn er neben ihr herlief.

»Du solltest diese wunderschöne Signorina heiraten. Die ist megacool«, kläffte er. Den Ausdruck hatte er von Stanley. »Ich finde sie toll.«

Eddie lachte, und Flo fragte ihn, was er so lustig fände.

»Ist es etwa mein Akzent?«, wollte sie wissen. »Lachst du mich aus?«

»Nein, gar nicht – ehrlich«, versicherte ihr Eddie. »Es war nur Butch, er hat mich zum Lachen gebracht.«

»Warum?«, fragte sie und wurde langsam wütend. »Er hat ja schließlich keinen Witz gemacht.«

»Na ja, vielleicht doch«, entgegnete Eddie und lächelte in sich hinein.

»Weißt du was?«, sagte sie, blieb stehen und stemmte die Hände in die Hüften. »Du bist blöd, wirklich. Du denkst, ich kapiere nicht, dass du mich auslachst, weil ich gesagt habe, dass der Hund, an dem wir vorbeigegangen ist, eher wie ein Mehlschweinchen aussieht, obwohl ich Meerschweinchen gemeint habe.«

»Das habe ich nicht mal gemerkt«, protestierte Eddie. Dieses Mädchen war offenbar schnell beleidigt und auf jeden Fall hitzköpfig.

»Doch, hast du – du hast gelacht! Ich geh jetzt nach Hause, und du kannst ruhig zurück nach England fahren.«

»Na ja, ich werde wohl eine Weile hierbleiben, also … da ist das wohl schwierig«, sagte Eddie, was sie nur noch mehr provozierte. Da Flo die Worte fehlten, schrie sie wütend auf, drehte auf dem Absatz um und stampfte davon.

»Was hast du denn gesagt?«, fragte Butch.

»Gar nichts. Ich habe nur über das gelacht, was du gesagt hast«, erwiderte Eddie. »Der muss man ganz klar aus dem Weg gehen – die ist ja wütender als eine nasse Katze!«

KAPITEL 15

Als Eddie wieder nach Hause kam, ging er direkt in sein Zimmer, weil er wegen Flo immer noch ein wenig aufgebracht war. Er ging an Tante Budges Zimmer vorbei und hörte, wie sie mit jemandem sprach.

»Wirklich, mein Lieber«, sagte sie gerade, »ich glaube nicht, dass diese Maggie gut für dich ist. Rauchen ist eine abscheuliche Angewohnheit. So widerlich, und abgesehen davon, dass es auch extrem ungesund ist, sieht es absolut unwürdig aus, wenn man diese grauenvolle Angewohnheit in der Öffentlichkeit ausübt. Erst recht, wenn die betreffende Dame dabei so unverfroren auf dem Fensterbrett sitzt.«

Was?, fragte sich Eddie. Wer war diese Maggie, und was tat sie auf dem Fensterbrett? Er konnte seine Neugier nicht unterdrücken, also hockte er sich hin und spähte durchs Schlüsselloch.

Seine Tante war nicht am Telefon. Von seinem Platz aus sah es aus, als spräche sie mit dem Schminktisch. Was tat sie da?

Plötzlich hörte er ein sehr vertrautes, kehliges Krächzen und presste sein Auge noch fester gegen das Schlüsselloch, um besser sehen zu können. Unglücklicherweise stolperte er, fiel gegen die Tür und stieß sie auf, um auf dem Boden des Schlafzimmers seiner Tante zu landen.

»Da wir gerade von unseligen Angewohnheiten sprechen«, sagte sie eisig, »möchte ich erwähnen, dass es ausgesprochen unhöflich ist, an Türen zu horchen.«

Eddie wurde vor Scham tiefrot und entschuldigte sich wortreich, um sich dann aufzurappeln … und von einer großen schwarzen Krähe begrüßt zu werden.

»Stanley!«, rief Eddie aus und vergaß für einen Moment, dass seine Tante auch da war. »Du hast es also geschafft.«

»'allo, Eddie«, kicherte Stanley. »Du weißt aber, wie man einen Auftritt 'inlegt.«

Tante Budge stand auf und schloss die Tür. »Also, Eddie«, sagte sie feierlich und tappte mit dem Fuß auf den Boden, »Ich glaube, du hast mir etwas zu sagen.«

Eddie wusste nicht, was er ihr zu sagen hatte. Er stammelte und stotterte, und sein Gesicht färbte sich noch dunkler. Der arme alte Eddie neigte nämlich zum Erröten, wobei er unterschiedliche Rottöne annahm, von hellem Rosa bis zu tiefem Purpur.

»Ich erspare dir dann mal die Mühe«, sagte Tante Budge und räusperte sich. »Du kannst also mit Säugetieren, Vögeln und Fischen reden, oder?«

Eddie ließ beschämt den Kopf hängen – sein Geheimnis war enthüllt. Dann fiel ihm etwas ein. Tante Budge hatte mit Stanley gesprochen ... was bedeutete, dass sie Tiere ebenfalls verstehen konnte!

»Scheint, als wäre ich nicht der Einzige«, erwiderte er trotzig. »Ich habe gehört, wie du mit Stanley gesprochen hast – und ich hatte sowieso schon so einen Verdacht, als du gehört hattest, dass Bunty mich gefragt hat, ob du eine Katze hast.«

»Aber ich habe gut von der Sache abgelenkt, oder?«, sagte sie grinsend. Dann quiekte sie begeistert auf und klatschte in die Hände. »Oh, das ist ja wundervoll«, rief sie voller Freude aus. »Mein lieber Junge, das ist ja eine wunderbare Sache! Ich dachte, ich sei die Einzige in der Familie, die diese Gabe hat, aber dann tauchst du auf, gesegnet mit denselben Talenten wie ich. Zu wissen, dass da noch ein Intuitiver in unserer Familie ist, oh, was für eine Freude!«, schluchzte sie, umarmte ihn fest und überschüttete ihn mit Küssen.

»Wie hast du mich genannt?«, fragte Eddie und versuchte, sich aus der Umklammerung zu lösen.

»Du bist ein Intuitiver, mein Lieber«, verkündete sie und lachte und weinte gleichzeitig. »Was bedeutet, dass du eine ausgesprochen seltene Gabe besitzt. Hast du dich schon geoutet?«

»Geoutet?«, fragte Eddie nach. »Du meinst, ich bin schwul?«

»Nein, mein Lieber, was ich meine, ist: Weiß noch

irgendjemand von deinen Talenten? Und kennst du noch weitere Intuitive?«

Eddie seufzte laut auf. Er setzte sich und erzählte Tante Budge, was er von seiner Gabe hielt. Statt stolz auf sie zu sein, war sie ihm im Gegenteil peinlich, und er fürchtete sich davor, dass sein Geheimnis jemals ans Licht kommen könnte.

»Na, da siehst du es. Du bist nicht mehr allein, Kumpelchen«, sagte Stanley liebevoll und setzte sich auf Eddies Schulter. »Dein Tantchen ’ier ’at dieselbe Gabe. Toll, oder?«

Das war es wirklich. Erfahren zu haben, dass er nicht der einzige Mensch auf der Welt war, der das konnte, was er konnte – und darüber sprechen zu dürfen –, fühlte sich für Eddie an, als hätte man ihm eine riesige Last von den Schultern genommen.

»So, und jetzt geh nach unten und iss was«, sagte Tante Budge glücklich und tupfte sich die Augen mit einem Taschentuch ab. »Stanley bleibt eine Weile in Amsterdam, da habt ihr noch genug Zeit, um euch zu unterhalten.«

An der Tür drehte sich Eddie noch einmal zu seiner Tante um und fragte: »Übrigens, wer ist denn diese Maggie, über die du mit Stanley gesprochen hast?«

»Oh, eine Elster, mit der sich Stanley eingelassen hat«, erwiderte Tante Budge missbilligend. »Ein schrecklicher Vogel offenbar, der Dinge aus den Häusern von Menschen klaut und ein paar ausgesprochen schmuddelige Angewohnheiten hat. Ich habe Stanley geraten, den Kontakt zu ihr abzubrechen.«

»Keine Sorge«, versicherte Stanley. »Der Vogel ist Geschichte.«

»Freut mich zu hören«, sagte Tante Budge. »Also, Eddie, Miss Schmidt hat dir ein paar Leckereien zubereitet, und danach kannst du auf FaceTime mit deinem Vater sprechen.«

Eddie hüpfte beinahe die Treppe hinunter. Tante Budge war lustig, und sie konnte mit Tieren reden. Ja, die Dinge entwickelten sich zweifellos positiv.

KAPiTEL 16

Miss Schmidt hatte tatsächlich ein paar Leckereien für ihn, und Eddie saß in der Küche, um sie zu essen. Miss Schmidt war eine hochgewachsene Dame mit weißem Haar, das sie am Hinterkopf zu einem Dutt zusammengesteckt hatte, und summte beim Kartoffelschälen vor sich hin. Eddie glaubte zuerst, es sei ein bayrisches Volkslied, aber als er genauer hinhörte, stellte sich die Melodie als Lady Gagas »Poker Face« heraus.

»Eigentlich mag ich Kinder nicht besonders«, sagte sie. »Aber gegen dich in der Küche habe ich nichts.« Das war aus ihrem Mund ein riesiges Lob. »Aber denk dran«, fuhr sie fort, »keine Tiere, und auch keine merkwürdige Tante.«

Später rief Tante Budge Eddie in ihr Büro, weil sie vom Computer aus seinen Dad anrufen wollte. Das Büro war wieder ein riesiger Raum, aber mit einem großen marmornen Kamin. Darüber hing ein raumgreifendes Ölgemälde, das einen Mann zeigte, der vor einer Pyramide auf einem Kamel saß.

»Mein verstorbener Ehemann bei einer seiner Ausgrabungen in Ägypten. Leider war das Kamel ziemlich ungehobelt, es hat ständig gespuckt. Mein Ehemann mochte es trotzdem sehr«, sagte Tante Budge stolz. »Er ist dein Onkel. Natürlich nicht das Kamel, ich rede von meinem verstorbenen Ehemann … oder war er dein Großonkel? Das alles habe ich nie richtig verstanden. Jedenfalls gehörten all die Bücher, die du hier siehst«, sie zeigte auf die Wände, an denen Regale voller alter, ledergebundener Bände standen, »ihm – und überdies hat er jedes einzelne davon gelesen. Zwei Mal. Ich lasse dich jetzt mal allein, damit du mit deinem Vater sprechen kannst.«

Einige Minuten später saß Eddie vor Tante Budges Computer und plauderte mit seinem Dad. Sie sprachen über alles Mögliche – wie sehr Dad die Fortbildung gefiel, dass er die Leute in Middlesbrough mochte und die anderen aus der Gruppe ebenfalls. Sein Zimmer in der Pension war ein bisschen eng, aber die Dame, die die Pension betrieb, war sehr nett und machte ihm morgens immer ein sehr gutes Frühstück.

Eddie erzählte ihm von Tante Budge und dem Boot und davon, wie großartig Amsterdam war. Natürlich sagte er nichts von der Mit-den-Tieren-Reden-Sache.

»Das klingt ja, als hättest du viel Spaß.« Sein Dad lachte. »Was hab ich dir gesagt? Du siehst auch sehr gesund aus. Sie geben dir bestimmt viel gutes Essen.«

Eddie erzählte ihm von Miss Schmidt und was für eine großartige Köchin sie war.

»Ich esse hier bloß ein veganes Würstchen im Brötchen und eine Scheibe Käse zum Abendbrot«, sagte sein Dad, tat so, als müsse er weinen, und brachte Eddie damit zum Lachen.

»Ich vermisse dich, Dad, und ich verspreche, dass

ich dir etwas von Miss Schmidt Gekochtes mitbringe, wenn ich wieder nach Hause komme«, sagte Eddie.

»Hab dich lieb, mein Sohn. Pass auf dich auf.«

»Hab dich auch lieb, Dad. Bis bald.«

Eddie schlief in jener Nacht tief und fest in seinem Dachzimmer. »Das lässt sich ja alles sehr gut an«, sagte er schläfrig zu Butch, der sich wie üblich neben ihm auf dem großen, geräumigen Bett zusammengerollt hatte. »Abgesehen von dieser scheußlichen Flo ist alles bisher völlig problemlos gelaufen.«

Aber natürlich ahnten sie nicht, dass die Probleme bald in Form einer Einladung an die Tür klopfen würden, und ihr Name lautete … Oh, das findet ihr ja bald selbst heraus.

KAPiTEL 17

Tante Budge war ein wenig aufgeregt, als Eddie am nächsten Morgen herunterkam, um mit ihr zusammen zu frühstücken.

»Eine schreckliche Frau«, zischte sie wütend und stand vom Tisch auf. Sie wedelte mit etwas herum, das aussah wie eine Einladung. »Ich hatte mich schon gefragt, wann sie mich wieder zu einer ihrer grauenvollen Einladungen zwingen würde. Na ja, ich gehe auf keinen Fall hin. Sie ist ein absolutes Monster.«

»Wer denn?«, fragte Eddie.

»Natürlich habe ich so getan, als wäre ich nicht zu Hause«, redete Tante Budge weiter, ohne auf Eddie zu achten. »Whetstone ist an die Tür gegangen, und als er ihr sagte, ich wäre nicht da, hat sie einen Fuß zwischen Tür und Türrahmen geschoben und versucht, sich Zugang zu erzwingen. Sie sagte, sie werde dann warten. Was die sich rausnimmt! Und zu dieser Tageszeit vorbeizukommen! Hat sie überhaupt keine Ahnung von Benimm?«

»Wer denn?«, fragte Eddie erneut. »Wer hat versucht, sich Zugang zu erzwingen?«

»Vera van Loon natürlich«, schrie Tante Budge beinahe. »V steht für Verdorben, E für Ehrgeizig, R für Ruchlos und A für Abartig. Sie ist ein schrecklicher Emporkömmling, eine selbsternannte Society-Dame, die nur für ihr flammend orangefarbenes Haar und sonst für gar nichts bekannt ist. Abgesehen von dieser Kosmetiklinie, die sie auf irgendeinem Shopping-Kanal verhökert.«

Tante Budge machte Anstalten, sich wieder zu setzen, überlegte es sich dann aber noch einmal anders. Langsam erwärmte sie sich für das Thema.

»Du solltest sie mal sehen, wie sie armen, ahnungslosen Frauen Make-up ins Gesicht klatscht, bis sie wie Clowns aussehen«, sagte sie, schniefte empört und lief im Raum auf und ab. »Ich meine, im Ernst. Orangefarbener Lippenstift? Gelber Lidschatten? Lächerlich, findest du nicht auch?«

Eddie wusste nicht viel über Lidschatten und Lippenstift, aber er nickte dennoch.

»Sie hat jahrelang in Paris gelebt, weißt du«, fuhr Tante Budge fort, »aber jetzt, da ihr Ehemann tot ist, ist sie zurückgekommen. Ich höre, die Niederländer sind erschrocken über das, was sie mit dem wunderschönen alten Haus angestellt hat, das einst der Familie ihres Mannes gehörte. Die Niederländer sind ein ziemlich reserviertes Volk, musst du wissen – sie mögen keine Angeber, und van Loon ist ein sehr respektabler Name in Holland.«

Erschöpft von ihrer Schimpftirade, ließ sich Tante Budge schließlich auf ihren Stuhl fallen und fächelte sich mit der Einladung Luft zu. »Hör dir das mal an«, sagte sie und las laut den Brief vor.

»›Süße‹«, las sie und zog angesichts dieser Vertraulichkeit die Augenbrauen hoch, »›wie begeistert ich war zu hören, dass du nach so langer Zeit nach Amsterdam zurückgekehrt und wieder in dein kleines Häuschen gezogen bist.‹«

Tante Budge war sichtlich wütend darüber, dass jemand wie Vera ihre Zehn-Zimmer-Villa als Häuschen bezeichnete, das durfte höchstens sie selbst. »Was die sich rausnimmt!«, murmelte sie, bevor sie fortfuhr.

»›Ich veranstalte am Montag eine kleine Soiree zugunsten der Blue-Mountain-Gesellschaft zum Schutz seltener Vögel und wäre entzückt, wenn du vorbeischauen würdest.‹ Vorbeischauen? Wie vulgär«, bemerkte Tante Budge schnippisch.

»›Es wird ein fabelhafter Abend, denn ich werde meine unbezahlbare neue Sammlung von Kunstgegenständen zeigen und ein paar von ihnen zugunsten der armen Vögelchen in den Blue Mountains versteigern.‹ Also ich habe noch nie von der Blue-Mountains-Gesellschaft zum Schutz seltener Vögel gehört«, sagte Tante Budge misstrauisch. »›Und da die Veranstaltung im Erdgeschoss stattfinden wird, musst du auch keine Treppen steigen.‹«

An dieser Stelle platzte Tante Budge der Kragen. »Ich bin vielleicht alt«, brüllte sie, »aber ich bin immerhin schon ZWEI MAL auf den Kilimandscharo gestiegen, und ich möchte doch sehr bezweifeln, dass Veras Treppe für mich ein Problem darstellt!«

Sie las weiter. »›Ich freue mich darauf, dich bald wiederzusehen: Deine alte Freundin Vera.‹ Alte Freundin?«, rief Tante Budge ungläubig aus. »Ich kenne dieses Wesen kaum. Ich habe sie nur ein Mal getroffen, und das hat auch gereicht. Jetzt hör dir das mal an«, schäumte sie und las die letzte Zeile vor. »›PS: Ich habe die Presse wissen lassen, dass du vielleicht kommst. Hoffe, das macht dir nichts aus, Liebes. V. Küsschen.‹«

Eddie hielt es für möglich, dass Tante Budge gleich explodierte.

»Ich werde wohl hingehen müssen«, sagte sie grollend, nachdem sie sich wieder beruhigt hatte, »jetzt, da sie es der Presse gesagt hat. Ich will nicht als herzlos gelten, weil ich eine Wohltätigkeitsveranstaltung schwänze.«

Tante Budge saß einen Moment lang schweigend da und betrachtete die Einladung mit gerunzelter Stirn.

»Schreckliche Frau«, schloss sie. »Dass sie mich in diese Situation bringt.«

»Darf ich mit?«, meldete sich Eddie. »Ich könnte dir Gesellschaft leisten.«

»Natürlich«, antwortete Tante Budge. »Allerdings fürchte ich, dass es dir nicht gefallen wird. Trotzdem, es ist ja für einen guten Zweck. Iss jetzt dein Müsli, dann gehen wir raus.«

KAPiTEL 18

Nach dem Frühstück rannte Eddie hinauf in sein Zimmer, um sich in dem kleinen Badezimmer, das davon abging, die Zähne zu putzen. »Wo ist Butch?«, fragte er Bunty, weil er gerade erst gemerkt hatte, dass der Hund fort war.

»Weiß nicht. Unten?« Bunty konnte kaum sprechen, weil ihre Backen so voller Nüsse waren, dass sie dreimal so dick waren wie sonst.

Eddie stieg die enge Treppe hinunter, die von seinem Dachzimmer in den großen Raum darunter führte. Er ging an ein paar Fitnessgeräten vorbei, die Tante Budge hin und wieder benutzte, um in Form zu bleiben, und entdeckte dann eine Tür, die er vorher nie wirklich beachtet hatte, weil er sie für einen Schrank gehalten hatte. Jetzt aber stand die

Tür angelehnt, die Sonne drang durch den Türspalt, brachte die Staubpartikel in der Luft zum Glitzern und warf eine Lichtpfütze auf den Fußboden.

Eddie öffnete die Tür ganz und ging hindurch. Sie führte zu einem Dachgarten. Die Häuser standen hier so eng beieinander, dass man ohne Weiteres auf das Nachbardach hätte treten und zwischen den Schornsteinen entlangspazieren können – nicht dass das irgendwer auch tatsächlich tat.

Hier draußen fand er Butch – im Nachbar-Dachgarten –, wie er sich … von Flo kraulen ließ.

»Ich begrüße nur deinen Hund«, sagte sie, ohne Eddie anzusehen. »Er ist ganz freiwillig rübergekommen. Ich nehme ihn dir nicht weg.«

»Ich habe auch nicht gedacht, dass du ihn mir wegnimmst«, erwiderte Eddie. »Ich habe dir doch gesagt, dass er dich mag.«

Butch begann zu bellen. Für Flo war es nur das – das Gebell eines kleinen Kläffers –, aber in Eddies Ohren hatte er eine Menge zu sagen.

»Was ist los mit dir, Mann?«,

wollte er wissen. »Sie ist schön und ein wirklich nettes Mädchen. Freunde dich gefälligst mit ihr an, sonst belle ich den ganzen Tag und renne runter in Miss Schmidts Küche und klaue Essen. Vielleicht hebe ich sogar ein bisschen das Bein und hinterlasse eine kleine Pfütze. Dann bist du nicht mehr ihr kleiner blauäugiger Junge, was? Oh nein.«

Eddie hätte am liebsten gelacht, denn wenn Butch einmal loslegte, konnte er sehr lustig sein, aber er widerstand der Versuchung. Stattdessen fragte er Flo: »Wie geht's?«

Flo zuckte mit den Schultern und spielte weiter mit Butch.

»Du kannst mit ihm Gassi gehen, wenn du willst«, sagte Eddie zu diesem nervigen Mädchen. »Das fände er bestimmt klasse.«

Butch begann zu kläffen und aufgeregt im Kreis zu rennen. »Ja! Ja!«, bellte er. »Lass uns in den Park gehen!«

»Ich glaube, er würde gern in den Park«, sagte Eddie. »Aber nur, wenn du mit ihm gehen möchtest.«

»Das fände ich lustig«, sagte Flo, drehte sich zu Eddie um und lächelte ihn breit an. »Danke.«

»Ähm, du hast vermutlich nicht zufällig Lust, mit mir und meiner Tante zu einer Party zu gehen?«, fragte Eddie. »Sie findet am Montag statt.«

Flo dachte einen Augenblick lang nach. »Was denn für eine Party?«

»Weiß ich nicht«, sagte Eddie, der sich selbst fragte, warum er nicht gefragt hatte. »Bei irgendeiner Frau namens Vera oder so.«

»Van Loon?«, fragte Flo. »Oh, die ist berühmt. Berühmt dafür, gar nichts zu tun. Sie war mal in einer Reality-Show zu sehen, in der man vier Wochen lang unter Tage in einer Mine in Deutschland arbeiten musste, ohne auch nur ein Mal das Tageslicht zu sehen. Stell dir das mal vor«, sagte sie missbilligend. »Einen ganzen Monat darauf zu verschwenden, in einer stillgelegten Mine zu sitzen, nur damit man ins Fernsehen kommt. Sie klopfte dort nur im Bikini und einem Bergarbeiterhelm bekleidet an den Wänden herum, so dringend braucht sie Aufmerksamkeit.«

»Na, du musst ja nicht kommen, wenn du nicht willst«, setzte Eddie hastig hinzu. »Ich habe ja nur gefragt.«

»Ist das ein Date?«, fragte Flo und lächelte listig.

»Nein, n-nein gar nicht. Ich will nur nicht allein dorthin … Ich gehe zwar mit meiner Tante, aber … na ja, du weißt schon … jemand in meinem Alter wäre schon cool … und ich dachte nur … es ist nur …«, faselte Eddie.

»Okay, dann komme ich mit. Deine Tante hat nichts dagegen, oder?«, fragte Flo.

»Natürlich nicht. Du musst kommen und sie kennenlernen. Jetzt gehen wir raus, aber willst du nicht vielleicht später zum Tee kommen, sagen wir so um fünf?«, schlug er vor.

»Sehr gern«, antwortete sie. »Ich passe auf Butch auf und gehe mit ihm Gassi, und dann sehen wir uns später. *Ciao.*«

»Ich stecke dir seine Leine durch den Briefkastenschlitz!«, rief ihr Eddie hinterher. Wieder war er unerklärlicherweise ganz rot geworden.

Als er nach unten zu seiner Tante zurückkehrte, fragte er,ob er jemanden zum Tee einladen dürfe.

»Wen denn?«, fragte sie.

»Sie heißt Flo, und sie wohnt nebenan«, antwortete er und wurde noch röter. »Ich habe sie gestern kennengelernt. Wir haben uns gestritten, aber jetzt sind wir wieder Freunde.«

»Freut mich zu hören«, sagte Tante Budge. »Man muss immer versuchen, einen Streit beizulegen.«

»Kann ich sie auch am Montag zu der Party mitnehmen? Ich meine, eigentlich habe ich sie schon gefragt. Entschuldige bitte.«

»Meine Güte, du bist ja ganz schön draufgängerisch«, sagte Tante Budge und kicherte mit einem Funkeln in den Augen. »Natürlich kannst du sie mitnehmen, wenn ihre Eltern nichts dagegen haben. Und jetzt gehen wir raus. Ich will dir ein paar Orte zeigen.«

KAPiTEL 19

Sie besichtigten das Haus des berühmten Malers Rembrandt. Tante Budge sagte, seine Gemälde seien jetzt von unschätzbarem Wert, aber als er starb, besaß er keinen Pfennig.

»Stell dir mal vor, du hättest eine Zeitmaschine«, sagte Eddie. »Dann könntest du zurück ins 17. Jahrhundert reisen und Rembrandt alle Bilder abkaufen, denn damals haben sie vermutlich nicht viel gekostet. Dann könntest du wieder zurück in die Gegenwart reisen, sie für Millionen und Milliarden verkaufen und wieder in Rembrandts Zeit reisen und ihm einen Haufen Geld geben. Ich würde natürlich ein bisschen was für meinen Dad behalten.«

»Was für ein Unternehmergeist!«, bemerkte Tante Budge. »Aber vollkommen unmöglich, fürchte ich.«

Später am Nachmittag, als sie zusammen in einem kleinen Café saßen, sagte Tante Budge aus heiterem Himmel zu Eddie: »Ich habe meine Hilfe angeboten, weißt du. Nach der Beerdigung deiner lieben Mutter habe ich deinem Vater angeboten, ihm finanziell unter die Arme zu greifen, aber er hat abgelehnt. Er ist ein sehr stolzer, hart arbeitender Mann. Es schmerzt mich zu hören, dass ein so talentierter Musiker seine Berufung aufgegeben hat, um in einem Supermarkt zu arbeiten. Nicht dass das etwas Schlechtes wäre – es ist ein bewundernswerter Job. Mir wäre nur lieber, er würde etwas tun, was er liebt.«

Sie lächelte Eddie an, streckte die Hand aus und drückte seine. »Ich weiß, dass er die Musik aufgegeben hat, um sich um dich zu kümmern, aber ich weiß auch, dass sie ihn zu sehr an deine Mutter erinnert«, sagte sie sanft. »Na komm. Ich bezahle, und wir gehen nach Hause. Die liebe Flo kommt zum Tee.«

Flo schlug ein wie eine Bombe. Tante Budge fand sie nicht nur sehr hübsch, sondern hielt sie auch für »ein extrem schlaues Köpfchen«. Die Fische waren ebenfalls beeindruckt von ihr.

»Jetzt sieh dir mal deine beiden Fische an, wie sie am Rand des Aquariums hängen und blubbern«, sagte Flo erstaunt. »Ich habe noch nie gesehen, dass Fische so etwas tun.«

Eddie sagte ihr nicht, dass die Blubberblasen, die sie bliesen, eigentlich Küsse waren und dass Dan sie so schön fand, dass er vor Bewunderung pfiff.

(Die Fische kamen auch sehr gut mit Tante Budge aus, die oft neben ihrem Aquarium saß und mit ihnen sprach. Sie erzählten ihr wilde Geschichten aus ihrem Piratenleben auf den Sieben Weltmeeren, und im Gegenzug erzählte sie ihnen, dass sie selbst beinahe einmal im Südchinesischen Meer von bösen Piraten gekidnappt worden wäre, als sie die Schildkröteninseln besuchte.

Die Fische waren sehr beeindruckt gewesen. »Respekt«, hatten sie beide gesagt und sich mit ihren Flossen abgeklatscht.

Als Flo gegangen war, sang Tante Budge ein Loblied auf sie. Eddie – vermutlich, weil er ein wenig eifersüchtig war – wandte ein: »Ich weiß, dass sie cool ist, aber sie kann auch ziemlich grob sein.«

»Eigentlich ist sie überhaupt nicht grob, so sind die Niederländer einfach«, erklärte Tante Budge. »Sie finden es richtig, sofort zum Punkt zu kommen und direkt ihre Meinung zu sagen. Du gewöhnst dich sicher bald daran«, sagte sie und lachte. »Und jetzt sprich mit deinem Dad. Er ruft dich um halb sieben über FaceTime an.«

KAPITEL 20

In jener Nacht konnte Eddie nicht schlafen, weil er das Gefühl hatte, Schmetterlinge im Bauch zu haben. Sein ganzer Körper fühlte sich an wie unter Strom gesetzt, alles kribbelte, obwohl er keine Ahnung hatte, warum. Er hatte einen wunderbaren Tag verbracht, sich mit Flo versöhnt, Tante Budge hatte ihm ein wirklich cooles Outfit für Veras Party gekauft (Eddie hatte recht gehabt: Sein alter Anzug war ihm zu klein geworden), und er hatte mit seinem Dad gesprochen, der gesagt hatte, seine Fortbildung sei sehr interessant.

Dad hatte sich allerdings viel mehr für Eddie interessiert, der ganz begeistert klang, wenn er von seinem Leben in Amsterdam erzählte. Er ähnelte kaum mehr dem unglücklichen Jungen, der ihm aus dem prachtvollen Auto zum Abschied zugewinkt hatte.

Eddie konnte nicht mehr im Bett liegen bleiben, weil seine Zehen zuckten und sein Hirn einfach nicht abschalten wollte. Also beschloss er, hinunter in die Küche zu gehen, um sich etwas zu trinken zu holen.

Sein Dachzimmer gehörte zu den kleineren Räumen im Haus, aber es wirkte beinahe wie verzaubert. Da es nach hinten hinaus ging, konnte er von seinem Dachfenster aus über die Dächer Amsterdams schauen. Tante Budge hatte ganz richtiggelegen, als sie das Zimmer für ihn ausgesucht hatte, weil es perfekt zu ihm passte.

»Aber es ist noch nicht Zeit zum Aufstehen, oder?«, murrte der schläfrige Butch, als Eddie seine Füße unter ihm hervorzog und aus dem Bett stieg. »Viel zu früh«, stöhnte der Hund.

»Pst«, machte Eddie. »Schlaf weiter. Ich gehe nur nach unten, um etwas zu trinken.«

Butch setzte sich sofort auf. »Wenn das so ist, komme ich mit«, sagte er, plötzlich hellwach und quietschfidel. »Wenn ich dich vor Geistern und Banditen beschütze, kriege ich dann ein Leckerli?«

»Es gibt keine Geister, und abgesehen von dir gibt es hier auch keine Banditen«, sagte Eddie. »Aber wenn du versprichst, nicht zu bellen, kannst du mitkommen.«

»Wenn ich nicht belle, kriege ich dann ein Leckerli?«, erwiderte der kleine Hund und sprang vom Bett.

»Ja, du kannst ein Leckerli haben«, sagte Eddie. »Aber nur, wenn du still bist.«

Wie fast alle alten Häuser machte auch Tante Budges Haus eine Menge Geräusche, wenn es sich nachts von der Hitze des Tages abkühlte. Rohre klapperten, Dielen knarrten und ächzten, als sich Eddie und Butch mit dem Licht der Taschenlampe von Eddies Armbanduhr durch die Dunkelheit tasteten.

Die alte Standuhr im Flur, die einst einem Schiffskapitän gehört hatte, tickte langsam und leise vor sich hin, das Pendel schwang hin und zurück, im Takt der Zeit.

Die Hintertreppe, die in die Küche führte, war sehr eng, und die Stufen knarrten laut, als Eddie auf Zehenspitzen hinunterschlich. Er bemühte sich, Miss Schmidt nicht aufzuwecken, die in einem Zimmer in der Nähe schlief. Auch Whetstones Zimmer war hier, und Eddie konnte sie beide schnarchen hören, nicht ganz synchron.

In diesem Moment schlug die Standuhr. Butch winselte, und Eddie schrak zusammen.

»Pssst!«, zischte Eddie.

Worauf Butch antwortete: »Selber pssst.«

Als die Standuhr ihre Melodie abgespielt hatte und endlich zwei Uhr schlug, stand Eddie regungslos auf den Stufen. Er wagte es kaum zu atmen und horchte auf Geräusche aus Whetstones oder Miss Schmidts Zimmer. Dem Schnarchen nach zu urteilen, hatte keiner von beiden etwas gehört, sodass Eddie und Butch ihren Weg in die Küche wieder aufnahmen.

Eddie goss sich direkt aus dem Wasserhahn ein Glas voll – Tante Budge hatte gesagt, das Wasser aus der Leitung sei in Amsterdam das sauberste auf der ganzen Welt –, und dann gab er Butch wie versprochen einen kleinen Hundekeks.

Er nahm sein Wasser mit hinauf in den Morgensalon, setzte sich auf den Sitz am Fenster und schaute auf den Kanal und die verlassenen Straßen hinaus. Es war aufregend und ein wenig beängstigend, mitten in der Nacht wach zu sein, wenn alle anderen schliefen, besonders, wenn man dabei in einem riesigen, stillen Raum saß und die Straßenlaternen Schatten auf die kunstvoll verzierte Decke warfen. Selbst auf Butch schien die Stille Eindruck zu machen. Er kuschelte sich dicht an Eddie, und sie saßen beide da und schauten durchs Fenster ins dunkle Wasser der Gracht.

»Sieh dir mal die ganzen Fahrräder an«, sagte Eddie schließlich. »So viele sind an das Geländer der Brücke geschlossen. Und sieh mal die Lichter an den Bögen der Brücke, die sich im Wasser spiegeln. Das sieht doch aus wie auf einem Gemälde.«

Nur sehr wenige Fenster in den Häusern auf der anderen Seite der Gracht waren erleuchtet, und Eddie hatte das Gefühl, der einzige Mensch auf der ganzen Welt zu sein, der noch wach war.

Dann läuteten die Glocken der *Westerkerk* zur Viertelstunde, und Eddie gähnte laut. Plötzlich war er ganz schläfrig. Es war wohl an der Zeit, wieder ins Bett zu gehen.

Aber in diesem Augenblick erregte ein langer Frachtkahn seine Aufmerksamkeit, der unter einer Brücke hervorkam und still durchs Wasser glitt. Es sah so aus, als führte er eine Fracht mit sich – der größte Teil des Schiffes war mit einer Plane bedeckt, die an den Seiten festgezurrt war. Aber an einer Seite schien sich die Befestigung gelöst zu haben, und aus dem Dunkel darunter tauchte ein Paar Augen auf – ein Paar sehr große Augen.

Eddie blinzelte. *Was zum Teufel?*, fragte er sich. Er sprang schnell vom Sitz am Fenster und lief, um Tante Budges Fernglas aus ihrem Büro zu holen.

Der Kahn bewegte sich so langsam, dass Eddie ihn noch sah, als er zum hinteren Fenster gelaufen war und das Fernglas auf ihn richtete, um sich die Augen genau anzusehen. Er war erschrocken. Das war kein Menschengesicht! Sondern das Gesicht eines kleinen Orang-Utans … um dessen Hals man ein Band gelegt hatte, an dem eine Kette befestigt war. Eddie starrte ungläubig und mit offenem Mund

auf das Tier, und als der Kahn weiterglitt, konnte er gerade noch rechtzeitig sehen, wie der Orang-Utan zu ihm hinaufschaute und mit den Lippen das Wort »Hilfe!« formte.

Der Kahn verschwand und ließ Eddie verwirrt und voller Sorge zurück. Hatte er da wirklich gerade einen Orang-Utan gesehen, oder spielten ihm seine müden Augen einen Streich? Es brachte nichts, Butch zu fragen, denn der lag zusammengerollt auf dem Sitz unter dem Fenster und schlief tief und fest.

Eddie ging im Zimmer auf und ab, er war jetzt hellwach und sehr beunruhigt. Wenn er da wirklich gerade einen Orang-Utan gesehen hatte, der ihn um Hilfe bat, dann bedeutete das, der arme Kerl war in Gefahr. Er überlegte, einfach Tante Budge aufzuwecken und ihr zu erzählen, was geschehen war. Nein, entschied er dann. Er würde warten und es ihr am Morgen erzählen. Aber eins war sicher – er musste diesem Orang-Utan helfen. Nur wie?

Den Kopf voller Fragen, ging er zurück ins Bett und versuchte zu schlafen.

KAPiTEL 21

Früh am nächsten Tag lief er hinunter in den Morgensalon, wo Tante Budge am Computer saß und die Kursentwicklung studierte, wie sie es jeden Tag tat.

»Langsam«, mahnte sie, als er hereinstürzte. »Wo brennt es denn?«

»Tut mir leid, Tante Budge«, entschuldigte sich Eddie, der etwas außer Atem war, »aber da gibt es etwas, was ich dir unbedingt sagen muss. Es ist wirklich wichtig.« Und dann berichtete er hastig, was er in den frühen Morgenstunden gesehen hatte.

»Whoa, ganz ruhig, Brauner«, sagte Tante Budge. »Langsam, um Himmels willen. Habe ich das richtig verstanden? Hast du gerade gesagt, du hättest einen Orang-Utan gesehen, der um Hilfe bat?«

»Genau«, antwortete Eddie nervös. »Ich bin nicht schlafgewandelt oder so. Er war hinten auf einem Frachtkahn, ich habe ihn durch dein Fernglas gesehen, ehrlich. Du glaubst mir doch, oder?«

Tante Budge saß einen Augenblick still da und trommelte mit den Fingern auf der Tischplatte herum. »Ich glaube dir auf jeden Fall«, sagte sie schließlich. »Ich habe nämlich gerade in den Nachrichten gelesen, dass jemand gestern Nacht in den Zoo eingebrochen ist und einen kleinen Orang-Utan gestohlen hat. Wie sie das geschafft haben, ist mir ein Rätsel, denn die Tiere im Zoo werden gut gepflegt, und die Sicherheitsmaßnahmen sind sehr streng. Es ist so gut wie unmöglich, dort einzubrechen, daher kann ich nur annehmen, dass einer von den Angestellten an der Tat beteiligt war.«

Eddie seufzte vor Erleichterung, dass seine Tante ihm glaubte.

»Wirkte das arme Tier denn verzweifelt?«, fragte Tante Budge.

»Es sah sehr aufgeregt aus. Der Affe hatte ein breites Halsband um, mit einer Kette daran.«

»Wie schändlich«, sagte Tante Budge wütend. »Wie können die es wagen, ein armes, wehrloses Tier so zu behandeln? Ich rufe sofort die Polizei an, dann kannst du ihnen erzählen, was du gesehen hast. Und danach musst du frühstücken.«

Eddie hatte nicht den Eindruck, dass die Polizei seine Geschichte wirklich geglaubt hatte, denn die Beamten waren nicht besonders hilfsbereit gewesen – tatsächlich hatte einer der Polizisten sogar laut gelacht. Er ging zu Flo hinüber, um ihr alles zu erzählen, wobei er nicht erwähnte, dass der Orang-Utan ihn um Hilfe gebeten hatte, beziehungsweise wie er das überhaupt hatte verstehen können.

Flo war entsprechend erschrocken und riss die Augen auf.

»Wir müssen den kleinen Orang-Utan retten«, schloss Eddie. »Und zwar schnell.«

»Aber wie?«, fragte Flo, nicht ohne Grund. »Wir wissen nicht einmal, wo er ist. Es ist hoffnungslos.«

»Wir könnten es zumindest versuchen – das ist

immer noch besser, als nichts zu tun«, sagte Eddie. »Hast du irgendwo einen Stadtplan?«

Flo hatte einen, und sie saßen lange davor auf dem Boden, studierten den großen Stadtplan von Amsterdam mit all seinen Grachten und Kanälen und Wasserwegen und versuchten sich daraus zu erschließen, wohin der Kahn wohl gefahren war.

»Ich hab' doch gesagt, das ist hoffnungslos!«, rief Flo frustriert aus. »Wo sollte man einen Orang-Utan verstecken? Der könnte doch überall sein. Vielleicht haben sie ihn sogar zu den Docks am Hafen gebracht, und jetzt sitzt er schon auf einem Schiff in ein fremdes Land.«

Eddie hatte angestrengt nachgedacht. »Na ja, ich glaube nicht, dass man ihn in der Stadt verstecken würde«, sagte er. »Da hört oder sieht einen immer jemand. Ich glaube auch nicht, dass der Affe auf einem Schiff ist. Wenn man einen Orang-Utan stehlen und ihn im illegalen Tierhandel verschachern will, macht man das eher nicht in Amsterdam. Solche Tiere werden normalerweise in Regenwäldern gestohlen. Bestimmt verstecken sie ihn an einem stillen und abgelegenen Ort, vielleicht auf dem Land?« Er zuckte die Schultern.

»Ich sage dir was: Wir nehmen morgen ganz früh Dads Boot und schauen uns mal um«, sagte Flo.

»Kannst du es denn fahren?«, wollte Eddie wissen. »Denn wenn nicht, dann …«

Flo unterbrach ihn. »Fragst du das, weil ich ein Mädchen bin? Du bist ja so ein Sexist, und ja, ich kann ein Boot fahren. Du auch?« Sie schäumte.

»Ich habe mal Tante Budges Boot gesteuert, aber nur kurz«, gab er zu.

»Also, ich bin auf den Grachten unterwegs, seit ich ein Baby war«, versetzte sie. »Ich stelle mich demnach ans Steuerrad, und du schaust dich nach verdächtigen Dingen um. Okay?«

»Aye, aye, Captain«, sagte Eddie und salutierte, was Flo zum Lächeln brachte.

»Jetzt geh zurück zu deinem Tantchen«, sagte Flo und faltete den Stadtplan wieder zusammen. »Ich muss mit meiner Mutter einkaufen gehen. Sie will, dass ich zu Vera van Loons Party ein hübsches Kleid trage. Uuh!«

KAPiTEL 22

Als sie sich an jenem Abend vor dem Haus trafen, schlug Tante Budge vor, mit dem Fahrrad zu Vera zu fahren, die nicht weit weg wohnte. Aber da sie ein äußerst elegantes, langes Abendkleid mit einer riesigen Diamantbrosche in Form eines Sterns an der Schulter trug, fragte sich Eddie, ob es nicht besser wäre, doch ein Taxi oder das Auto zu nehmen.

»Herrgott, wofür denn bloß?«, fragte ihn Tante Budge, als er das vorschlug. »Whetstones Lieblings-Quizsendung kommt heute im Fernsehen, ich würde es nie wagen, ihn zu bitten, uns jetzt mit dem Auto zu kutschieren. Außerdem kann ich problemlos in einem langen Kleid Fahrrad fahren. Ich stecke es einfach in meine Unterhose.«

»Was?« Eddie schluckte. »Das kannst du doch nicht machen.«

Flo kicherte nur. Sie trug ein Kleid, in dem sie, wie Eddie fand, wirklich cool aussah.

»Ich mach doch nur Witze, Eddie«, sagte Tante Budge und lachte. »Ich kann mein Kleid auf respektable Weise hochziehen und dabei in die Pedale treten, ohne mich zu blamieren. Wollen wir jetzt los?«

*

Veras Haus war riesig. Es gab zwei Treppen, eine auf jeder Seite, die zu der großen, verzierten Haustür hinaufführten. Zwei bullige Türsteher in Smokings standen Wache und sorgten dafür, dass niemand hineinkam, der nicht auf der Gästeliste stand. Die beiden waren Brüder und trugen ihr rötlich blondes Haar kurz geschnitten. Sie hießen OJ und Milo, und wenn sie nicht für Vera arbeiteten, boxten sie mit bloßen Händen unter dem Namen »Die Türsteher-Brüder«.

Eddie starrte zu ihnen hinauf. Sie wirkten wie

Riesen, und er fragte Flo, warum alle in Amsterdam so groß seien.

»Das kommt dir vermutlich nur so vor, weil du so klein bist«, erwiderte sie und schubste ihn spielerisch.

Sie standen plötzlich in einem langen Saal mit einem schwarzen Marmorfußboden und säuregrünen Lampen. Die Wände waren blutrot gestrichen, und bei dem Anblick schauderte Tante Budge.

Eine Frau stand am Ende des Raums. Sie war hochgewachsen und spindeldürr, ihre Beine schienen ihr bis hoch zu den Achseln zu reichen. Sie trug ein sehr kurzes, pinkfarbenes Kleid mit passender Jacke, auf deren Rücken in Glitzersteinen LIEBE DICH SELBST stand. Was aber wirklich an ihr auffiel, war die riesige Mähne orangefarbenen Haars, die auf ihrem Kopf aufgetürmt war. Wilde, feurige Strähnen fielen hinunter bis auf ihre Schultern. Sie wirkte sehr beschäftigt, wedelte mit den Armen wie eine Windmühle in einem Wirbelsturm, kreischte und schrie aufgeregt und machte Selfies mit jedem neuen Gast.

»Wappnet euch«, murmelte Tante Budge grimmig durch die zusammengebissenen Zähne. »Ihr werdet jetzt Vera van Loon kennenlernen.«

»Meine liebe, liebe Lady Buddleia«, gurrte Vera, kaum dass sie Tante Budge erblickt hatte »Willkommen bei Chez Vera. Meine bescheidene kleine Bleibe muss in deinen Augen im Vergleich zu all deinen Villen und Palästen im guten alten England ja wie eine Bruchbude wirken«, dröhnte sie lauter, damit die Leute sie hören konnten. »Also, nun sag mir doch einmal, weil ich es unbedingt wissen muss: Wie geht es deiner lieben Queen? Ich weiß, wie furchtbar nahe ihr euch steht, ihr seid ja beinahe wie Schwestern, höre ich.«

Den Teil über die Queen schrie sie besonders laut, damit die Gäste im Ballsaal hinter ihr auch hörten, dass eine echte Adelsdame angekommen war, die die beste Freundin der Monarchin war.

Tante Budge allerdings hatte immer betont, dass sie nicht die BFF der Queen war. Sie war ihr ein paar Mal bei Wohltätigkeitsveranstaltungen im Garten des Goring Hotels in London begegnet und hatte kurz mit ihr über Pferde geplaudert, aber das war es auch. Sie telefonierten nicht über FaceTime miteinander oder schickten einander Weihnachtskarten. Aber das hinderte Vera nicht daran, die Tatsachen zu schönen, um ihre Gäste zu beeindrucken.

So genervt Tante Budge von der peinlichen Begrüßung auch war, sie erinnerte sich doch an ihre Manieren und begrüßte diese Frau, indem sie auf sie zulief wie eine Dampflok und ihr ein würdevolles »Mrs van Loon, wie schön, Sie zu sehen, und wie hinreißend Sie aussehen« entgegenschmetterte.

Eddie dachte bei sich, dass Tante Budge kein Wort von dem ehrlich meinte, was sie gerade gesagt hatte, aber Vera war so mit ihrer Begeisterung über ihren angesehenen Gast beschäftigt, dass sie das gar nicht merkte. Stattdessen schlang sie die Arme um

Tante Budge, als wären sie alte Freundinnen, und drückte sie fest.

»Darling«, gurrte sie. »Nenn mich doch Vera – all meine engen Freunde tun das. Und ich nenne dich Buddy, denn ich hoffe, das werden wir – beste Buddys.«

Tante Budge war eindeutig entsetzt von der Vorstellung, Buddy genannt zu werden, aber bevor sie Einspruch erheben konnte, wurde sie gezwungen, Vera Küsschen zu geben, erst an der rechten, dann an der linken Wange vorbei, dann wieder an der rechten Wange vorbei, wie es in Holland üblich war.

»Jetzt musst du aber unbedingt meine Gäste kennenlernen«, sagte Vera, packte Tante Budges Arm fest wie ein Schraubstock und versuchte, sie in den Saal zu zerren. »Da ist ein göttlicher Künstler, der Springbrunnen aus alten Klos macht. Natürlich kann man sie danach nicht mehr so benutzen, wie man normalerweise Klos benutzt.« Sie kicherte. »Der Druck des Wassers auf dem bloßen *derrière* würde einen sicher durch die Decke schießen lassen!« Jetzt gackerte sie laut und patschte Tante Budge fest auf die Schulter. »Stell dir mal den Schreck vor, Darling! Nein, meine liebe Buddy, es sind reine Kunstwerke.«

Tante Budge seufzte erbärmlich und sagte in ihrer Was-man-nicht-vermeiden-kann-muss-man-eben-ertragen-Stimme etwas sehr Feines, was zunächst wie »eine Mücke« klang. Eddie übersetzte es schnell in »entzückend«.

»Komm, wir machen ein Selfie!«, rief Vera aus und zog Tante Budge nah an sich heran. Sie hob ihr Handy und schrie: »Bitte lächeln!«

Tante Budge schaffte es, ein mühsames kleines Lächeln aufzusetzen, aber Vera schürzte die aufgepumpten Lippen und entblößte einen Mund voller extrem großer, unnatürlich weißer Zähne.

»Wundervoll«, sagte Vera und besah sich das Foto. »Ich werde das sofort auf Instagram posten. Ich habe schon über zwei Millionen Follower«, prahlte sie. »Natürlich bin ich auch das Mädchen mit den meisten Neidern in der Stadt. Komm, wir mischen uns jetzt unter die Leute.«

»Bevor ich deine Gäste kennenlerne, möchte ich dir noch zwei kleine Leute vorstellen«, sagte Tante Budge mit fester Stimme und versuchte, Vera so taktvoll wie möglich abzuschütteln, die sich immer noch an ihren Arm klammerte.

»Kleine Leute?«, sagte Vera begeistert. »Meinst du Zwerge? Werden sie etwas vorführen? Wie wunderbar.«

Tante Budge tappte ungeduldig mit dem Fuß auf den Boden. Sie schäumte angesichts von Veras Ignoranz still vor sich hin und schwor sich, nie wieder etwas mit dieser schrecklichen Frau zu tun zu haben.

»Das hier sind mein Neffe Eddie und seine Freundin Flo«, sagte sie frostig. »Und das hier, Kinder, ist Mrs Vera van Loon.«

Vera ließ ihre riesige Brille die Nase hinuntergleiten. Sie spähte über den oberen Rand und musterte Eddie und Flo langsam vom Scheitel bis zur Sohle, als wäre jemand in einen Hundehaufen getreten und hätte das stinkende Zeug im Haus verteilt.

Eddie sah diese verstörende Frau an und streckte

ihr mit großen Augen seine Hand hin. »Schön, Sie kennenzulernen«, sagte er höflich.

Vera ignorierte das völlig und starrte sie weiter an, als hätte sie noch niemals zwei Zehnjährige gesehen. Schließlich begann sie zu sprechen.

»Wie nett«, sagte sie lang gezogen in einem Ton, der sich gar nicht so anhörte, als wäre es nett, sie kennenzulernen, sondern ganz im Gegenteil. Es hörte sich an wie *Uh, wie ekelhaft enttäuschend. Zwei grässliche Rotznasen, an denen ich nicht das geringste Interesse habe.*

Flo konnte nicht anders, sie musste voller Entsetzen Veras Schuhe anstarren, die leuchtend grün waren und die höchsten Absätze hatten, die sie je gesehen hatte.

»Wunderschön, oder?« Vers schnurrte beinahe. »Ich sehe doch das neidische Funkeln in deinen Augen. Das sind Manola Blancos, das absolute Ultimum, was Exklusivität angeht. Natürlich auch schrecklich teuer, absolut außerhalb deiner Möglichkeiten. Aber wer weiß?«, fügte sie mit einem Grinsen hinzu. »Wenn du später einmal schön und interessant bist wie ich, schnappst du dir vielleicht einen reichen Mann, der dir ein Paar davon kauft.«

Eddie drückte Flo tröstend die Hand. Er merkte, dass sie kurz davor stand zu explodieren.

»Also gut, Liebling«, sagte Vera, wobei sie sich rüde von Eddie und Flo abwandte, als gäbe es sie gar nicht. »Gehen wir in den Ballsaal. Da sind so viele Leute, die dich unbedingt kennenlernen wollen. Immerhin trifft man nicht jeden Tag ein Mitglied der englischen Aristokratie, nicht wahr?«

Tante Budge seufzte und folgte Vera in den Saal.

KAPiTEL 23

Ich soll mir einen reichen Mann schnappen, also wirklich. Aus welchem Jahrhundert kommt sie?«, schäumte Flo, während sie Vera und Tante Budge hinterherschauten. »Und was hat sie da für komische Haare und schräge Klamotten? Und hast du die riesige runde Brille gesehen? Wie eine Eule.« Um das zu illustrieren, malte sie mit den Fingern zwei Kreise um ihre Augen.

»Hast du ihre Klunker gesehen?«, fragte Eddie lachend. »Ringe an jedem Finger, und dann diese protzige Halskette. Glaubst du, all die Rubine und Smaragde sind echt? Sogar ihr Handy ist mit Juwelen bedeckt.«

»Wie schön«, sagte Flo und machte Vera nach, indem sie ihre Wangen einsaugte und die Lider senkte.

Sie mussten beide lachen, was Eddie sehr freute, weil das bedeutete, dass sie sich wirklich gut verstanden.

»Sieh sie dir an«, sagte Eddie. »Die kann ja kaum laufen.«

»Grauenvoll«, kommentierte Flo, als sie Vera dabei beobachtete, wie sie mit den lächerlich hohen Absätzen über den blanken Boden stakste und die arme Tante Budge hinter sich herzog. »Sie hat Eidechsenaugen, und sie strahlt etwas Schlechtes aus.«

»Na komm, wir gehen lieber hinterher«, sagte Eddie. »Tante Budge braucht vielleicht jemanden, der sie rettet.«

»Ich unbedingt will den Ballsaal sehen«, erwiderte Flo. »Ich wette, der ist ganz scheußlich.«

»Du meinst, du willst unbedingt den Ballsaal sehen«, verbesserte Eddie sie und bereute es zum zweiten Mal sofort.

Aber Flo sah ihn nicht wütend an, sie ließ es diesmal durchgehen. Stattdessen lächelte sie. »Danke, Mr Englischlehrer«, neckte sie ihn. Eddie schämte sich. »Lass unbedingt uns dann in den Ballsaal gehen.«

»Das ist …«, fing Eddie an, überlegte es sich dann aber anders. Flo lief ohnehin schon voraus.

»Wow«, rief Flo aus, als sie sich im Ballsaal umschaute. »Das ist ja wie eine irre Kunstgalerie.«

Eddie musste ihr zustimmen. Er sah sich ein vier Meter hohes Schlüsselloch aus limettengrünem Plastik an, das gegen die Wand gelehnt stand. Daneben ragte ein riesiger Klumpen Beton auf, der mit Graffiti bedeckt war. Von der Decke hingen anstelle des wunderschönen Kronleuchters, der einst den Raum erhellt hatte, ein paar knallrote Gartenstühle mit Glühbirnen an den Beinen.

Und das war nur ein sehr kleiner Teil von Veras Sammlung moderner Kunst, für die sie »ein absolutes Vermögen ausgegeben hatte, Darling«, wie sie nicht müde wurde, allen zu erzählen.

Es gab ein erstaunliches Buffet mit allen möglichen merkwürdigen und exotischen Gerichten.

»Igitt«, sagte Eddie angeekelt und starrte den Schweinekopf an, dem man einen Apfel in die Schnauze gesteckt und ihn dann auf einer riesigen Platte angerichtet hatte.

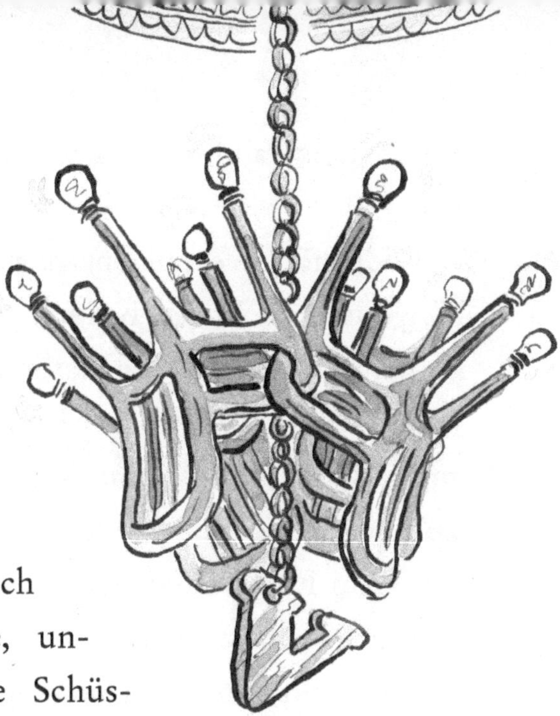

»Doppel-Igitt«, erwiderte Flo und zeigte auf einen Auflauf, aus dem Taubenfüße und -schnäbel ragten.

Es gab aber auch köstliche Früchte, unter anderem eine Schüssel mit glänzenden Himbeeren, auf die sie sofort zusteuerten.

»Mmmm«, sagte Eddie und nahm sich eine Handvoll. »Wie gut, dass es hier auch etwas Normales zu essen gibt.«

Flo kaute an einer großen Scheibe Ananas und konnte nur nicken.

Nachdem sie sich die Bäuche vollgeschlagen hatten, ging Flo sich Veras »Kunstwerke« ansehen, und Eddie ging Tante Budge suchen. Er fand sie bei Vera und einer Gruppe von Leuten, die alle auf eine riesige Leinwand starrten, die knallorange angemalt war.

Eddie hörte Vera plappern, während er sich einen Weg durch die Menge bahnte.

»Alfredo, der, wie ihr bestimmt wisst, ein absolut aufstrebender italienischer Künstler ist, also, der ist mir um die halbe Welt nachgereist, um mich davon zu überzeugen, für ihn Modell zu sitzen«, prahlte sie. »Am Ende musste ich nachgeben, und was ihr vor euch seht, ist das Ergebnis.«

Alle nickten und machten »ooh« und »aah«, außer Tante Budge, die nur hustete.

»Das ist mein Haar«, faselte Vera stolz weiter und betastete ihre Frisur. »Er sagte, er habe mich genau betrachtet, könne aber die ungewöhnliche Knochenstruktur meines Gesichts nicht erfassen. Daher hat er stattdessen mein Haar gemalt. Tja, dafür bin ich ja auch berühmt, oder? Für meine flammend orangefarbenen Locken.« Sie lächelte einfältig und warf den Kopf zurück, sodass der Haarberg gefährlich ins Schwanken geriet. »Das Werk heißt *Haar bei Sonnenaufgang*. Wunderbar, oder?«

Alle nickten wissend, als verstünden sie genau, und machten erneut »ooh« und »aah«, außer Tante Budge, die versuchte, sich zu verdrücken, was ihr aber nicht gelang, weil Vera ihren Arm immer noch in einem Schraubstock-Griff hielt.

Ein Zauberkünstler spazierte durch den Raum und vollführte Kunststücke. Eddie schaute ihm zu, wie er sich zuerst ein paar Tischtennisbälle und dann einen Strang zusammengeknoteter Tücher aus dem Mund zog.

»Magst du Zauberkunststücke?«, fragte eine Stimme hinter ihm, und Eddie drehte sich um. Ein großer Mann ragte über ihm auf. Eddie fühlte sich sofort befangen, der Typ strahlte irgendetwas Zwielichtiges aus. Er war nicht nur groß und dünn, sein knochiges Gesicht erinnerte Eddie zudem an einen Totenkopf. Der Mann schaute aus kalten Augen mit Schlupflidern hinter einer Drahtbrille verächtlich auf ihn herunter.

»Ich habe nichts dagegen«, antwortete Eddie. »Sie denn?«

»Ich nehme an, man könnte mich ebenfalls einen

Zauberer nennen. Ich heiße Dr. Lockjaw. Ich kann die Gesichter von Menschen verändern, ihre Gesichtszüge modifizieren. Ich kann ihre Nasen schmaler machen, ihre Haut glatt ziehen, ihnen ihre Jugend wiedergeben. Würdest du da nicht auch sagen, dass ich ein Zauberer bin?«

»Nein«, erwiderte Eddie. »Ich würde sagen, dass Sie ein plastischer Chirurg sind.«

»Wohl ein Schlaukopf, was?«, sagte Dr. Lockjaw, der keineswegs amüsiert wirkte. Er schien Eddies Gesicht aufmerksam zu studieren, und Eddie fühlte sich unter seinem Blick sehr unbehaglich.

»Siehst du den kleinen roten Pickel auf deinem Kinn?«, sagte Lockjaw. »Ich könnte ihn in einer Sekunde mit meinem Laser verschwinden lassen.«

Eddie strich sich übers Kinn. »Das ist kein Pickel«, sagte er entrüstet, »das ist ein Himbeerkern. Ich habe gerade ganz viele Beeren am Buffet gegessen.«

»Du erinnerst mich wieder daran, warum ich Kinder so gar nicht mag. Guten Abend noch«, entgegnete Lockjaw barsch und verschwand in der Menge.

»Komischer Kerl«, sagte Eddie und schaute ihm hinterher.

Da eilte eine Frau mit einem riesigen Hut auf ihn zu und fragte: »Wer bist du? Ich arbeite für *Absolut göttlich, Liebling*. Das ist ein Kunstmagazin, sehr hochwertig – wir berichten nur über die allerbesten Künstler. Bist du jemand Interessantes, von dem ich wissen sollte? Oder kennst du irgendwelchen Tratsch?«

»Tut mir leid, nein«, sagte Eddie. »Ich bin nur mit meiner Tante und meiner Freundin gekommen.«

»Du verschwendest meine Zeit«, sagte die Frau spitz und eilte entrüstet an ihm vorbei. Sie hatte einen Mann entdeckt und rannte auf ihn zu: »Marcus, Marcus, ein paar Worte über Ihr neuestes Stück? Ich habe gehört, die Kritiken waren sehr freundlich.«

Eddie beschloss, nun besser Tante Budge zu retten und dabei den schrägen Leuten im Saal aus dem Weg zu gehen, was nicht einfach war, weil es davon ziemlich viele zu geben schien.

KAPiTEL 24

Als sie sich endlich aus Veras Griff befreit hatte, ging Tante Budge in den Garten, um zu sehen, welchen Schaden die unerträgliche Mrs van Loon dort angerichtet hatte. Sie hatte außerdem das Bedürfnis, ein bisschen frische Luft zu schnappen, denn im Saal wurde es ziemlich warm.

Eddie wollte noch ein paar von diesen dicken, saftigen Himbeeren vom Buffet, daher sagte er Tante Budge, er käme später nach.

Auf seinem Weg zum Buffet fiel ihm ein kleines Bild ins Auge, das von einem hellen Strahler angeleuchtet wurde. Er betrachtete es, konnte aber nicht erkennen, was es darstellen sollte. Es sah wie ein orangefarbener Klecks mit zwei weißen Punkten aus, die wohl Augen darstellen sollten.

Er spürte, wie eine Hand seine Schulter packte. Ohne hinzusehen, wusste Eddie sofort, dass es Vera van Loon sein musste, weil ihm eine Welle des penetranten, süßlichen Parfüms entgegenschlug, in dem sie offenbar badete. Es war so stark, dass es sich sofort in allem und jedem festsetzte.

»Gefällt dir das Gemälde?«, schnurrte Vera wie eine Katze, die sich bereit macht, sich auf eine Maus zu stürzen. »Es ist bezaubernd, oder? So schlicht und doch so bedeutungsvoll.«

»Was ist das denn?«, fragte Eddie.

»Was glaubst du denn, was es ist?«, gab sie zurück und drückte seine Schulter noch fester. Mit Veras zentimeterlangen Fingernägeln so dicht neben seinem Gesicht fühlte sich Eddie extrem unbehaglich.

Er dachte nach. »Ein orangefarbener Klecks mit Augen?«

Vera gab ein Geräusch von sich, das sie vermutlich für ein mädchenhaftes Lachen hielt, aber eigentlich klang es, wie wenn jemand mit dem Messer über einen Pfannenboden kratzte.

»Du armer ungebildeter Waisenjunge aus den

britischen Slums«, höhnte sie. »Du bist ganz eindeutig völlig ignorant, was Kunst angeht.«

»Nein, bin ich nicht.« Eddie war jetzt in der Defensive. »Ich mag zum Beispiel Banksy sehr. Er ist brillant, und seine Straßenkunst kostet Millionen, wenn man sie kaufen will. Ach, und übrigens«, fügte er hinzu und machte sich von Veras Griff frei, »wohne ich nicht in einem Slum, und ich habe außerdem einen Vater.«

»Na und«, sagte Vera herablassend. »Banksy ist nur ein durchschnittlicher Straßenkünstler, der auf Wände kritzelt. Aber dieses wertvolle Kunstwerk«, sagte sie und deutete auf den orangefarbenen Klecks, »ist absolut einzigartig. Es ist ein abstraktes Gemälde, das einen Orang-Utan darstellt. Sieh nur die wunderschöne Farbe und die Textur seines göttlichen Pelzes. Erkennst du das nicht, Kind?«

Eddie neigte den Kopf zur Seite und betrachtete das Gemälde, aber für ihn sah es noch immer wie ein Klecks aus.

»Nein, tut mir leid«, gab er zu. »Ich erkenne es nicht. Was ist es denn wert?«

»Es ist für einhunderttausend Euro zu verkaufen«, sagte Vera stolz, »und jeden Cent wert.«

Eddie brach in Gelächter aus. »Sie machen Witze«, sagte er, als er wieder zu Atem kam. »Ein dreijähriges Kind kann das besser. Wer hat es denn gemalt?«

»Ich«, erwiderte Vera kalt.

Eddie hörte sofort auf zu lachen. Er wusste nicht, was er jetzt noch sagen sollte, da er mitten ins Fettnäpfchen gestiefelt war. Also lächelte er Vera nur verlegen an und murmelte: »Tut mir leid.«

Vera starrte ihn lange und eindringlich an.

»Wir bleiben dann wohl lieber nicht in Kontakt, was?«, sagte sie, warf ihm einen Blick zu, der einen Stausee hätte vergiften können, und stolzierte aufgebracht davon. Eddie war die Sache ungeheuer peinlich. Vera van Loon war vielleicht grässlich, aber er hatte sie nicht beleidigen wollen.

In der Zwischenzeit war Flo von drei von Veras sogenannten »Schönheitsfachleuten« mit Beschlag belegt worden. Sie hatten sie auf einen Stuhl gezwungen, wo sie ihr, wie sie es nannten, eine »komplette Rundum-Verschönerung« angedeihen lassen wollten. In einer Ecke des Saals hinter einer weißen Trennwand, auf der in großen pinkfarbenen Lettern Van Loon Cosmetics stand, war ein provisorischer Schönheitssalon errichtet worden.

»Na, was haben wir denn da?«, sagte einer der Männer und musterte Flo, als wäre sie eine ganz neue Insektenart unterm Mikroskop. »Dieses lange Haar muss natürlich ab – das ist dermaßen letzte Saison. Vielleicht rasiere ich es einfach ab und lasse nur ein kleines Büschel vorn, das ich dann weiß färbe, oder vielleicht neonpink. Ja, das wäre doch süß, findet ihr nicht, Mädchen?«

Die beiden Frauen, die ebenfalls zum Team der Schönheitsfachleute gehörten, nickten zustimmend. »Was das Make-up angeht, so denke ich, dass ich ihr Augenbrauen tätowiere und die Lippen ein bisschen voller spritze«, sagte eine von ihnen.

»Ja, und viel Schwarz um die Augen, vielleicht ein Nasenpiercing oder ein paar Ringe in die Lippen«, schlug die andere vor – die lächerlich lange blaue Wimpern hatte.

»Ich bin viel zu jung für Make-up«, protestierte Flo. »Ich bin erst zehn und will keinen Nasenring, und wenn ihr mich nicht gleich loslasst, dann muss ich euch schlagen …«

Die drei Fachleute wichen zurück. »Wie scheußlich«, sagte der Mann.

»Aggressiv«, bemerkte die Frau mit den blauen Wimpern.

»Die ist der Mühe nicht wert«, sagte die andere Frau. »Sie sieht ohnehin zu durchschnittlich aus. Schick sie weg.«

Flo sprang schnell auf und rannte in Richtung Garten, wurde aber von einem Mann aufgehalten, der wie ein Zirkusdirektor gekleidet war. Er war groß gewachsen, hatte einen schwarzen Schnurrbart, der an den Enden aufgezwirbelt war, und trug einen schwarz-lila Frack, lila gestreifte Hosen und schwarze Reiterstiefel, die ihn wirklich ziemlich obskur aussehen ließen. Zwei traurige Clowns standen hinter ihm, einer von ihnen hatte ein Akkordeon in der Hand, während sich der andere eine kleine Trommel an der Taille befestigt hatte.

»Wohin so eilig, kleine Jungfer?«, rief der Zirkusdirektor, zog seinen Zylinder und verbeugte sich tief. »Warum besuchst du nicht meinen Zirkus? Die Vorstellung beginnt gleich.«

»Welchen Zirkus?«, fragte Flo. Sie war diesem Mann gegenüber extrem misstrauisch, denn so ein Zirkus machte Kinder nicht fröhlich – er jagte ihnen Angst ein und brachte die Kleineren zum Weinen.

»Rate, was sich hinten im Garten befindet?« Er grinste fies und fletschte dabei seine Goldzähne.

»Feen«, erwiderte Flo.

Der Zirkusdirektor gackerte. »Ich fürchte, die Kobolde haben sie gefressen, meine Liebe, aber ich habe eine zweiköpfige Kobra, Vampirfledermäuse, Wölfe, eine riesige Tarantel, eine menschenfressende Ratte und Medea die Seejungfrau – halb Frau, halb Fisch! Und dann noch meine Clowns … sie würden dich zu gern kennenlernen.«

Er begann zu singen, wobei ihn die beiden Clown-Musikanten mit einer merkwürdigen, gruseligen Melodie auf ihren Instrumenten begleiteten.

»Oh, wie lieb' ich alle Kreatur,
Kobra und Fledermaus, Eule und Wolf,
Spinne und Ratte und auch den Lemur.
Mein Zirkus ist einzig, ihr werdet's versteh'n,
Die schwärzesten Ängste werdet ihr seh'n,
Also kommt nur herein, wenn ihr euch traut!
Und besucht meinen Zirkus der Albträume heut'.«

Während er sang, kamen ein paar Clowns langsam aus den Schatten des Gartens herbeigeschlichen und versammelten sich hinter ihm. Aber das waren keine lustigen, fröhlichen Clowns, sondern unheimliche, böse Clowns, und sie winkten Flo zu sich.

Flo tat das Vernünftigste, was möglich war. Sie machte schnell auf dem Absatz kehrt und rannte davon. Das hier war die schrägste, die abgründigste Party, auf der sie je gewesen war. Nicht dass sie schon auf viele Partys eingeladen gewesen wäre.

Sie rempelte im Laufen eine Frau an, die Feuer schluckte, und machte sich auf die Suche nach Eddie, um ihm alles zu erzählen.

KAPiTEL 25

Er hatte ganz vergessen, dass er Tante Budge gesagt hatte, er wolle ihr in den Garten nachkommen, und beschloss, sich weiter umzusehen. Flo schien er verloren zu haben. Im Saal war es ihm zu stickig und viel zu laut, Veras Freunde fand er entweder langweilig, unfreundlich oder Furcht einflößend.

Er bemerkte ein paar Türen, die von dem langen Flur abgingen, und da er neugierig war, konnte er nicht widerstehen: Er musste nachsehen, was sich dahinter befand. Er öffnete eine der Türen und spähte hinein. Der Raum dahinter war nur schlecht beleuchtet. Die Wände waren tiefviolett gestrichen, die Möbel mit Leopardenprint-Stoff bezogen. Gerahmte Fotos einer grinsenden Vera mit weniger berühmten Leuten standen auf jeder Stellfläche.

»Igitt«, sagte Eddie und schloss die Tür wieder, um sich die nächste vorzunehmen. Hier waren die Vorhänge zugezogen, und es war stockdunkel dahinter. Er schlich vorsichtig ins Zimmer und tastete an der Wand nach dem Lichtschalter. In diesem Augenblick erklang aus der Dunkelheit eine kratzige Stimme.

»Was willst du hier?«, fragte sie, und Eddie zuckte zusammen.

»Äh … Entschuldigen Sie«, erwiderte Eddie. »Ich wollte mich nur umsehen.«

»Nimm die Abdeckung runter«, verlangte die seltsame Stimme.

»Ähm, ich trage gar keine Abdeckung«, sagte Eddie nervös. »Ich trage nur meine neue Jacke.«

»Nicht deine! Meine«, fuhr ihn die Stimme ungeduldig an. »Sei nicht so blöd. Schalte das Licht an und nimm die Abdeckung von mir herunter. Der Schalter ist neben der Tür.«

Eddie fand den Schalter, das Licht ging an, und sobald sich seine Augen an die Helligkeit gewöhnt hatten, begriff er, dass das hier Veras Büro sein musste. Er suchte nach dem Besitzer der Stimme, aber ihm kam der Raum leer vor.

»Hallo?«, rief Eddie lahm. Er blieb lieber bei der Tür stehen. »Hallo? Wer ist da?«

Die Stimme seufzte laut auf vor Verdrossenheit. »Ich bin hier, neben dem hinteren Fenster.«

Eddie konnte immer noch niemanden erkennen, nur die dicken Samtvorhänge.

»Bist du ein Geist?«, fragte er unsicher.

»Natürlich bin ich kein Geist«, erwiderte die Stimme wütend. »Du bist wirklich so blöd wie eine Schiffsplanke. Ich hab dir doch gesagt, dass ich direkt neben dem Fenster bin. Mach gefälligst die Augen auf.«

Eddie bemerkte plötzlich, dass neben den Vorhängen eine mit einem Tuch aus demselben Stoff behängte Kuppel stand. Die Stimme kam von dort.

Vorsichtig zog Eddie das Samttuch weg, und zu seiner Überraschung sah er, dass sich darunter ein Käfig mit einem Papagei darin befand.

»Wird verdammt noch mal auch Zeit«, sagte der Papagei. »Es war furchtbar stickig hier drin.«

KAPiTEL 26

Ähm, hi«, sagte Eddie zum Papagei.

»Ich heiße Casey«, sagte der Vogel. »Und wer bist du?«

Eddie wollte es ihm gerade sagen, aber der Papagei unterbrach ihn. »Wenn du Herr Einbrecher bist, dann bedien dich. Von mir hörst du keinen Piep.« Der Vogel neigte den Kopf zur Seite und fixierte Eddie mit einem seiner Knopfaugen. »Nimm alles mit, wenn du willst. Es schert mich einen feuchten Kehricht, denn ich hasse die alte Trulla, und sie hasst mich. Falls du den Safe suchst, der ist hinter dem Bild von ihr über dem Kamin. Ich kenne die Kombination. Also los, räum ihn leer.«

»Ich bin kein Einbrecher, ich heiße Eddie«, erklärte der Junge, »und ich bin mit meiner Tante und meiner Freundin auf diese Party gekommen. Ich wollte mich nur umschauen. Entschuldige.«

»Bei mir musst du dich nicht entschuldigen, Kumpel«, gackerte der Papagei. »Bedien dich.« Dann verstummte er, als wäre ihm gerade etwas eingefallen. »Hey, warte mal«, sagte er. »Du kannst mich verstehen, oder?«

»Sogar sehr gut«, erwiderte Eddie. »Ich verstehe jedes deiner Worte. Ich bin ein Intuitiver, weißt du.«

Es war das erste Mal, dass er das vor jemandem zugab, ausgenommen Tante Budge, und ein Schauder überlief ihn.

»Da wird doch der Hund in der Pfanne verrückt!«, rief Casey aus und gab ein langes, leises Pfeifen von sich. »Ich habe von Menschen wie dir gehört, aber kein Wort geglaubt. Ich dachte, das wäre alles Käse. Jedenfalls«, sagte er, sichtlich überwältigt, »hätte ich nie gedacht, einen wie dich jemals kennenzulernen. Und jetzt sag mir mal schnell, was ein netter Kerl wie du mit Vera van Loon zu tun hat?«

»Ich habe ja gar nichts mit ihr zu tun«, antwortete Eddie. »Meine Tante wurde von ihr eingeladen, und ich wollte mitkommen. Ich habe Vera vor heute gar nicht gekannt und kann auch nicht behaupten, dass ich sie sonderlich mag.«

»Guter Instinkt. Sie hält mich hier gefangen, weil sie mich hasst. Der einzige Grund, dass ich noch nicht in einer Gracht ersäuft worden bin, ist der, dass ich ein Geschenk von den Leuten der Gesellschaft zum Schutz von Papageien bin. Die würden misstrauisch werden, wenn ihr ›geliebtes Haustier‹, wie sie mich nennt, plötzlich verschwände und nie wieder gesehen würde.«

»Warum schenken sie ihr einen Papagei, obwohl sie keine Vögel mag?«, fragte Eddie.

»Sie glauben, dass sie Vögel liebt«, krächzte Casey und hüpfte auf seiner Stange hin und her. »Aber sie hasst uns. Tatsächlich hasst sie alle Tiere.«

»Aber meine Tante Budge sagte, Vera halte ständig Wohltätigkeitsveranstaltungen ab, um Geld für den Schutz der Tiere zu sammeln.«

Casey lachte so laut, dass er beinahe von seiner Stange gefallen wäre.

»Das ist doch alles ein riesiger Schwindel, Junge«, sagte er. »Das Geld, das sie einnimmt, teilt sie auf – siebzig Prozent zu dreißig Prozent. Und es ist wirklich nicht schwer zu erraten, wer den größeren Teil bekommt.«

»Das ist schäbig«, sagte Eddie und runzelte die Stirn. »Geld zu stehlen, das eigentlich für wohltätige Zwecke verwendet werden sollte?«

»Ich habe dir doch gesagt, sie ist bis ins Mark verdorben … und das Schlimmste daran ist, dass sie so reich ist, dass sie das Geld gar nicht mal braucht. Sie ist einfach nur eine gierige, herzlose Diebin.« Casey plusterte verärgert sein Gefieder auf. »Und das ist noch nicht alles«, fuhr er fort. »Diese Kosmetikklinik, die ihr gehört, ist ganz und gar nicht astrein. Ich weiß ganz sicher, dass sie …«

Er brach plötzlich ab, weil sich die Tür knarrend öffnete.

»Oh-oh«, sagte Casey leise. »Wenn man vom Teufel spricht …«

Nur dass es nicht Vera war, sondern Flo.

»Ich habe schon überall nach dir gesucht, Eddie«, beschwerte sie sich. »Dann habe ich deine Stimme gehört. Mit wem sprichst du denn?«

»Mit dem Papagei«, sagte Eddie leichthin und nickte in Richtung Casey.

»Oh, wie hübsch!«, rief Flo aus und rannte zu dem Käfig, machte Babygeräusche und sprach auf Niederländisch auf Casey ein. Casey antwortete ihr unflätig. Er krächzte Eddie wütend zu: »Sagst du Fräulein Kitschig hier bitte, dass ich niemandes guter Junge und außerdem schon fünfzig Jahre alt bin.

Und wenn ich das mal über mich selbst sagen darf, ich habe noch nie besser ausgesehen.«

»Wow, das ist ja großartig«, sagte Eddie. »Du siehst viel jünger aus.«

»Was ist so großartig? Dass ich Niederländisch spreche?«, fragte Flo verwirrt. »Und wenn ich nicht aussehe wie zehn Jahre, wie alt sehe ich dann aus?«

»Ich habe nicht mit dir gesprochen, Flo. Ich habe mit dem … ähm … Papagei gesprochen.« Eddie spürte, wie seine Wangen ganz heiß wurden.

»Sag ihr, sie soll Leine ziehen. Das ist hier ein Jungsclub«, krächzte Casey.

»Sei nicht so unhöflich«, sagte Eddie zu ihm und wünschte, er hätte die Käfigabdeckung gar nicht abgenommen.

»Was habe ich denn Unhöfliches gesagt?« Flo wirkte jetzt ausgesprochen irritiert.

»Nicht du, Flo, sondern der Papagei.« Eddie wurde jetzt von Sekunde zu Sekunde panischer.

»Du tust so, als könntest du das Gekrächze und Gelärme dieses Vogels verstehen«, sagte sie und sah ihn prüfend an.

»Sag ihr, dass ich weder krächze noch lärme«, sagte Casey und plusterte erneut entrüstet sein Gefieder auf. »Ich spreche ausgesprochen klangvoll.«

»Sie wollte nicht unhöflich sein. Sie kann dich einfach nicht verstehen, das ist alles«, erklärte Eddie, der versuchte, den Vogel zu besänftigen.

»Kann mir hier mal jemand erklären, was los ist?«, sagte Flo und stampfte mit dem Fuß auf. Ihr Gesicht war wütend verzogen. »Spielst du mir einen Streich, Eddie?«

»Du kannst ebenso gut die Wahrheit erfahren«, seufzte Eddie. Er setzte sich auf die Armlehne eines Sessels und erklärte ihr, dass er Tiere verstehen und mit ihnen reden konnte.

Flos Mund stand offen. »Das kann doch nicht sein«, sagte sie. »Meinst du das ernst?«

»Ich wusste, dass du mir nicht glauben würdest«, erwiderte Eddie ein wenig genervt. »Jetzt tut es mir leid, dass ich es dir gesagt habe.«

Casey begann zu krächzen.

»Was sagt der Papagei jetzt?«, fragt Flo. »Na los, sag es mir.«

»Er sagt, du sollst ein Stück Papier holen und etwas draufschreiben, ohne dass ich es sehe. Dann sollst du es ihm zeigen, und er sagt mir dann, was draufsteht.«

Flo holte einen Zettel und einen Stift von Veras Schreibtisch und schrieb einen kurzen Satz auf. »Ich weiß nicht mal, warum ich das hier überhaupt mache«, murmelte sie. »Weil ich einfach nicht glaube, dass ein Papagei lesen kann.«

Casey fluchte erneut.

Flo befahl Eddie, die Augen zu schließen und sich umzudrehen, dann hielt sie Casey das Papier hin. Der Vogel las, was da stand, und gab dann eine Reihe von Kreischlauten von sich, jedenfalls hörte es sich für Flos Ohren so an.

»Okay, was habe ich also geschrieben?«, fragte Flo und verschränkte die Arme vor der Brust. »Was hat der Papagei gesagt?«

»Er sagt, du hast geschrieben, englische Jungen seien verrückt, und außerdem sagt er, deine Schrift sei schrecklich krakelig.«

Flo sah vollkommen verblüfft aus.

»Das hat ihr die Sprache verschlagen«, gackerte Casey und vollführte ein kleines Tänzchen auf seiner Stange. »Jetzt hört zu, was ich zu sagen habe.«

»Das ist ein Trick«, stöhnte Flo. »Das muss ein Trick sein.«

»Sag ihr, sie soll den Mund halten«, sagte Casey. »Was ich dir jetzt sage, ist wichtig.«

Eddie bat Flo, einen Moment lang still zu sein, weil Casey etwas Wichtiges zu sagen habe.

Verblüfft nickte das Mädchen und ließ sich in einen Armsessel fallen.

»Weißt du, wie Veras Motto lautet?« Casey senkte die Stimme. »›Tiere sind nur zum Essen, zur Herstellung von Kleidung und für Tierexperimente der Kosmetikindustrie da.‹ Eine Menge Tiere sind in ihrem Kosmetiklabor schon verschwunden – und nie wiederaufgetaucht. Erst neulich hörte ich sie am Telefon über einen Orang-Utan sprechen.«

Eddie zählte eins und eins zusammen.

»Dann war es also sie!«, rief er und hüpfte aufgeregt auf und ab. »Vera hat den Orang-Utan stehlen lassen. Weißt du, wo er hingebracht wurde?«

Casey dachte kurz nach und kratzte sich mit der Klaue den Schnabel. »Ich wette, sie hat ihn in ihr Labor bringen lassen.«

»Wo ist das denn?«, drängte Eddie.

»Das Labor ist irgendwo in *Amstelveen*, auf dem Land. Ich war einmal da, konnte aber nicht viel sehen, weil mein Käfig verhängt war. Es sieht aus wie ein ganz normales …«

Bevor er den Satz beenden konnte, wurde die Tür aufgerissen … und eine ausgesprochen wütende Vera stand im Türrahmen.

KAPiTEL 27

So vergeltet ihr mir also meine Gastfreundschaft!«, zischte sie und trat drohend auf sie zu. »Indem ihr durch mein Haus schleicht und nach Dingen sucht, die ihr stehlen könnt, wie ich annehme.«

»Wir wollten nur den Papagei sehen, ehrlich«, versuchte Eddie sich zu verteidigen.

»Halls Maul!«, lallte Vera. »Ihr habt nicht nur meine Malkunst beleidigt, sondern auch noch versucht, mich zu berauben.«

»Ich wollte Ihnen nichts stehlen!«, rief Eddie aus.

»Mich führst du nicht hinters Licht«, fauchte sie. »Ihr seid hergekommen, um mich zu beklauen, oder? Oder!«

Sie schrie jetzt vor Wut und wirkte ausgesprochen gefährlich. Sie packte Eddie beim Ohr und zerrte ihn zu sich. »Dieses alte Fossil, das du deine Tante nennst, hätte es besser wissen müssen, als mir einen diebischen Straßenjungen ins Haus zu schleppen. Aber ich bringe dir schon noch die Flötentöne bei, du kleine Ratte.« Sie begann, ihn zu schütteln.

»Lassen Sie ihn in Ruhe!«, rief Flo, die versuchte, Vera von Eddie wegzuziehen. »Er hat nichts Böses getan.«

»Lügnerin!«, knurrte Vera und schlug nach Flo, sodass sie über den Schreibtisch flog und dabei einen Stapel Papiere und eine Lampe zu Boden riss.

»Heb das auf«, befahl Vera und funkelte drohend auf sie herab. Dabei ließ sie Eddie jedoch immer noch nicht los. Jetzt hatte sie sein Haar gepackt. Flos Wangen brannten vor Wut. Sie raffte hastig die Papiere zusammen und legte sie zurück auf den Schreibtisch.

»Dalli, dalli!«, brüllte Vera und wich auf ihren lächerlich hohen Absätzen nach hinten aus, wobei sie gegen den Sockel stieß, auf dem Caseys Käfig stand.

Da verlor der Käfig das Gleichgewicht und fiel

krachend zu Boden. Durch den Aufprall sprang die Tür auf, und Casey flatterte heraus.

»Also«, zischte Vera, richtete ihre Aufmerksamkeit wieder auf Eddie und hielt ihr Gesicht ganz nah vor seins. »Ich gebe dir eine letzte Chance, mir zu sagen, was du gestohlen hast, bevor ich die Antwort aus dir herausprügele.«

Mit perfektem Timing schoss Casey aus der Luft auf Veras Kopf herunter und krallte sich in ihren Locken fest.

»Mein Haar!«, schrie sie, ließ Eddie los und ruderte mit den Armen, um Casey abzuschütteln. Aber der Papagei war aus härterem Holz geschnitzt als sie. Er achtete nicht auf ihre wedelnden Hände, sondern packte ganz ruhig eine weitere Haarsträhne und zerrte noch fester daran.

Vera war jetzt hysterisch. »Mein Haar, oh, mein Haar!«, schrie sie jetzt noch lauter. »Tut doch was, ihr Bälger!«, kreischte sie, taumelte durchs Zimmer und versuchte beständig, die Angriffe des Vogels abzuwehren.

Schließlich schaffte sie es, ihn bei den Schwanz-

federn zu packen. »Hab ich dich!«, rief sie und schloss ihre Hand um seinen Hals. »Glaubst wohl, du könntest mich angreifen, was? Tja, da habe ich Neuigkeiten für dich, Vögelchen. Ich könnte dich einfach rupfen, stopfen, grillen und essen. Wie findest du das, hä?«

Sie nahm den Käfig und stopfte Casey wieder

hinein. Dann verschloss sie sorgsam die Tür hinter ihm.

Sie wirbelte herum, um sich wieder Eddie und Flo zuzuwenden, verlor dabei aber die Balance. Die Kabel und Leitungen, die an ihrem Computer befestigt waren, hatten sich um ihre Absätze geschlungen. Sie stürzte zu Boden und riss den Computer, einen Drucker, alle Papiere, die Lampe (schon wieder) und eine Betonbüste von sich selbst mit sich – für die sie ein Vermögen ausgegeben hatte – schade, dass sie jetzt keine Nase mehr hatte.

»Haut ab, solange ihr noch die Gelegenheit habt!«, rief Casey aus seinem Käfig, der auf dem Boden lag. »Macht euch um mich keine Sorgen. Ich schaffe das schon.«

»Du kommst mit!«, rief Eddie zurück. Aber gerade, als er den Käfig packen wollte, hörte er ein Rumpeln, das entweder wie ein wütender Bär mit Zahnschmerzen oder wie ein Vulkan kurz vor dem Ausbruch klang. Es drang unter dem Haufen der heruntergefallenen Gegenstände hervor. Vera regte sich.

»Lass uns lieber abhauen!«, folgerte Eddie weise und rief Casey zu: »Wir kommen wieder!«

Die Kinder rannten aus dem Raum und stießen im Flur mit Tante Budge zusammen.

»Whoa«, sagte sie. »Warum so eilig? Ich habe nach euch gesucht. Wisst ihr, dass da ein ganz seltsamer Zirkus im Garten gastiert? Richtig schrecklich. Ich glaube, wir sollten jetzt gehen.«

»Das kannst du laut sagen«, erwiderte Eddie und rannte weiter. »Können wir bitte sofort gehen – jetzt!«

»Was um Himmels willen ist denn passiert? Warum hetzt du so?«, protestierte Tante Budge, als Eddie sie aus der Haustür bugsierte. Flo wollte noch bleiben, um Vera zu sagen, was sie von ihr hielt, aber Eddie zerrte sie hinter sich her. »Sag es ihr später. Lass uns einfach gehen!«, drängte er.

Sie sprangen auf ihre Fahrräder und düsten davon.

KAPiTEL 28

Butch freute sich sehr, sie zu sehen, als sie wieder nach Hause kamen. Er hatte den Abend mit Whetstone verbracht, der mit ihm einmal um den Block gegangen war. Dann hatten sie sich in Whetstones Bett zurückgezogen und zusammen einen Clint-Eastwood-Film geschaut.

Flo schäumte immer noch vor Wut. »Sie hat mich über einen Schreibtisch geworfen!«, schrie sie zum hundertsten Mal. »Sie hat mir geraten, mir einen reichen Mann zu suchen, wenn ich erwachsen bin«, knurrte sie und schaute aus dem Fenster. »Und so was nennt sich eine moderne Frau?«

Bunty, der auf dem Tisch saß und eine Weintraube aß, nickte. »Ich wette, die ist noch nie ein Spitfire-Kampfflugzeug geflogen«, sagte sie zwischen zwei

Bissen und spuckte diskret einen Kern in ihr Pfötchen. »Ihr Typ wäre in der Offiziersmesse ganz sicher nicht gefragt.«

»Ich brauchen niemanden, der mich durchfüttert, wenn ich groß bin«, sagte Flo. »Ich werde ganz und gar unabhängig sein.«

»Genau, meine Liebe, das ist auch gut so, aber es ist doch noch lange hin«, sagte Tante Budge. Sie war ein wenig abgelenkt, weil Eddie ihr gerade erzählte, was der Papagei ihm verraten hatte.

Nachdem sie alles gehört hatte, überlegte sie: »Tja, wir können natürlich schlecht zur Polizei gehen und angeben, dass uns ein Papagei erzählt hat, was Vera vorhat, nicht wahr?« Tante Budge tippte sich mit dem Finger aufs Kinn und dachte nach. »Sie hat den Orang-Utan vielleicht gar nicht in ihrem Labor, wo auch immer das sein mag. Es muss irgendeinen Weg geben, sie auf frischer Tat zu ertappen.«

»Da ist ja auch noch Casey, der Papagei«, sagte Eddie. »Wir können ihn nicht einfach bei ihr lassen. Wenn sie ihn nicht in den Kochtopf steckt, dann muss er sein ganzes restliches Leben in diesem Käfig verbringen, ständig unter dieser Abdeckung. Wir müssen ihn entführen.«

»Vera bringt dich für Vogelentführung ins Gefängnis«, warnte ihn Tante Budge. »Keine gute Idee.«

»Ich mag Papageien«, sagte Flo. »Mein Vater auch. Ich wette, er hätte nichts dagegen, wenn ich ihn mit nach Hause nähme, weil sich die schreckliche Vera nicht um ihn kümmert. Sie kümmert sich nur um so unwichtige Dinge wie die Zahl ihrer Follower auf Instagram. Wen interessiert das?« Flo ließ noch immer Dampf ab. »Die ist doch wie aus einem Comic. So eine Frau habe ich noch nie kennengelernt.«

»Sie steckt in einer anderen Zeit fest, meine Liebe«, sagte Tante Budge, und es klang nicht unfreundlich. »Sie lebt in einer Fantasiewelt und interessiert sich nur für drei Dinge: Ruhm, Geld und für sich selbst. Sie ist bestimmt sehr einsam.«

»Wie alt ist sie eigentlich?«, fragte Flo. »Sie könnte zwischen zwanzig und hundert Jahre alt sein, je nachdem, in welchem Licht man sie betrachtet.«

Tante Budge erwiderte: »Ich glaube, von der ursprünglichen Vera ist nicht mehr viel übrig. Sie ist eine große Anhängerin der plastischen Chirurgie.«

»Vielleicht könnten wir der Polizei einen anonymen Hinweis geben?«, schlug Eddie vor.

»Nein, das ist auch keine gute Idee. Was wir brauchen, sind Beweise. Hieb- und stichfeste Beweise«, sagte Tante Budge und schritt den Teppich auf und ab wie ein Detektiv in einem Theaterstück. »Ich werde einmal darüber schlafen, aber ich will auf keinen Fall, dass ihr euch da irgendwie einmischt. Vera scheint ziemlich gefährlich zu sein, wenn man sie verärgert.«

»Versprochen«, erwiderte Eddie, aber hinter seinem Rücken hielt er die Finger gekreuzt.

»Na prima«, sagte Tante Budge. »Jetzt hatten wir genug Drama für einen Abend, und ich finde, es ist an der Zeit, dass du nach Hause ins Bett gehst, junge Dame«, sagte sie an Flo gewandt. »Whetstone bringt dich hinüber. Ich läute nach ihm.«

»Nicht nötig, ich finde schon allein rüber«, protestierte Flo.

»Unsinn«, erwiderte Tante Budge ein wenig erschrocken. »In diesem Haus wird eine Dame stets nach Hause gebracht. Das ist eine Frage der Höflichkeit.«

Flo fragte sich, in welchem Jahrhundert Tante Budge lebte, und wollte erneut widersprechen, aber Eddie hinderte sie daran.

»Schon okay, Tante Budge«, sagte Eddie und zwinkerte Flo zu. »Ich bringe sie.«

»Sehr gut«, sagte Tante Budge und lächelte. »Gute Nacht, meine Liebe, komm gut nach Hause.«

Flo, die aufgegeben hatte, zuckte einfach mit den Schultern und ließ sich von Eddie hinausführen.

»Du hast nicht vergessen, dass wir uns morgen früh treffen, um weiter zu ermitteln?«, flüsterte er ihr zu, als sie die Treppe hinunter gingen.

»Natürlich nicht«, antwortete Flo ebenfalls flüsternd. »Wir nehmen am späten Morgen das Boot meines Vaters. Also bis dann.«

Eddie führte sie hinaus und schaute ihr hinterher, bis sie vor ihrer eigenen Haustür ankam. »Nachti«, sagte er.

»Nachti«, erwiderte sie und lächelte. Dann schloss sie die Tür hinter sich.

Es war schon spät, als Vera ihren letzten Gast hinausbeförderte und die Treppe hinaufstakste.

»Was für eine Nacht«, gackerte sie vor sich hin, schleuderte sich die Schuhe von den Füßen und ließ sich aufs Bett fallen. »Ich habe fünfundzwanzigtausend Euro für diese armen kleinen Blue-Mountain-Vögelchen gesammelt.« Sie streckte genüsslich die Arme aus und rülpste laut. »Schuldigung«, sagte sie und giggelte wie ein ungezogenes Kind. »Weißt du, was sooo traurig ist?« Sie sprach jetzt mit dem großen Satinkissen. »Diese kleinen Zwitschervögelchen werden keinen Cent davon zu sehen bekommen. Ich behalte einfach alles!« Sie warf das Kissen hoch in die Luft und kreischte vor Freude.

»Was diese beiden Kinder angeht, die das alte Mädchen mitgeschleppt hat, muss ich mir aber wirklich was überlegen, die kleinen Scheißerchen«, murmelte sie, rappelte sich vom Bett auf und schleppte sich ins Badezimmer. »Aber das alte Mädchen muss ich mir warmhalten. Es schadet nicht, eine Adelige als neue BFF zu haben.«

Vera gaffte ihr Spiegelbild an. Es war kein schöner Anblick. Selbst ohne die Brille sah sie grauenvoll aus. Sie hatte einige ihrer falschen Wimpern verloren, und ihr Lippenstift war im ganzen Gesicht verschmiert. Außerdem war da eine ziemlich große Beule mitten auf ihrer Stirn, wo sie sich beim Sturz in ihrem Büro den Kopf angeschlagen hatte.

Sie griff in ihr Haar und zog eine ganze Sammlung von Klemmen und Nadeln heraus, die sie mit einem Klimpern ins Waschbecken fallen ließ.

Dann packte sie ihr Haar zu beiden Seiten, senkte den Kopf und nahm sich ganz langsam ihre berühmten orangefarbenen Locken ab.

Ihre fabulöse Mähne war nichts weiter als eine Perücke. Eine sehr wahrheitsgetreue Nachbildung dessen, was ihr eigenes Haar einmal gewesen war … bis sie einem Quacksalber erlaubt hatte, ihre Kopfhaut mit einem wundersamen »Haarverbesserungsserum« zu unterspritzen, das ihre berühmten Locken zerstört und sie in dünne, kraftlose, schmutzig graue Strähnen verwandelt hatte. Sie hingen nun auf ihre knochigen Schultern herunter wie fettige Rattenschwänze.

Vera stöhnte, als sie ihr Spiegelbild sah. Wäre sie nicht so eitel gewesen, hätte sie ihr Haar zu einem Bob schneiden lassen und würdevoll altern können, aber das würde niemals geschehen. Sie war berühmt für ihre flammend orangefarbene Frisur – schon immer –, und ohne diese glaubte Vera nicht weiterleben zu können.

Vielleicht fragst du dich, warum Vera ein so durch und durch verdorbener Mensch war. War sie schon so auf die Welt gekommen? Babys werden doch nicht gemein, selbstsüchtig und grausam geboren? Vielleicht war Vera sogar einmal liebenswert gewesen, bevor ihr irgendetwas Schreckliches zustieß? Ich weiß es wirklich nicht. Kannst du dir vorstellen, was sie zu der widerwärtigen Frau gemacht haben könnte, die sie heute ist?

Ich habe eine Idee – wollen wir einen kurzen Blick auf Veras Vergangenheit werfen, um mehr über sie herauszufinden? Vielleicht war sie wirklich früher ein lieber Mensch, aber andererseits: Vielleicht war sie auch einfach nur immer schon grauenvoll.

Lass uns die Beweise sichten …

KAPiTEL 29

Vera wurde in einem kleinen holländischen Bauerndorf geboren, aber sie hasste Tiere und wollte auf keinen Fall beim Kühemelken oder Eiersammeln helfen. Stattdessen verbrachte sie den größten Teil ihrer Zeit in ihrem Zimmer, kämmte sich das Haar und betrachtete bewundernd ihr eigenes Spiegelbild.

Sobald sie alt genug war, brannte sie nach Paris durch und wurde Künstlermodell. Sie war nicht unbedingt das, was man schön nennt, aber sie war groß gewachsen und dünn, und mit ihrer orangefarbenen Mähne fiel sie auf jeden Fall auf.

Irgendwann wurde es ihr langweilig, in ein Tuch gehüllt auf einem Bein zu stehen und eine griechische Amphore auf der Schulter zu balancieren, während eine Gruppe von Studenten und Studentinnen sie malte, und sie fand einen Job als Showgirl in der hintersten Reihe der Folies Bergère. Als eine der anderen Tänzerinnen krank wurde, brauchten sie dringend eine große Frau, die mit riesigen glitzernden Federflügeln auf dem Rücken über die Bühne stolzierte. Vera bekam den Job.

Kurz darauf fiel sie einem sehr reichen und sehr alten holländischen Unternehmer auf. Sie heiratete ihn schnell, weil sie kaltherzig davon ausging, da er so uralt sei, dass es nicht lange dauern würde, bis er starb und sie als sehr reiche junge Witwe zurückließ.

Unglücklicherweise achtete ihr Ehemann ausgesprochen gut auf sich und machte regelmäßig Sport, daher war er sehr fit. Zum Verdruss der unbarmherzigen Vera erreichte er das biblische Alter von einhundertundfünf, und zu diesem Zeitpunkt war ihr jugendliches Aussehen längst vergangen. Wenn sie jetzt ihre Federn aufsetzen und mit den Folies getanzt hätte, hätte sie wie ein halb gerupftes Huhn ausgesehen.

Vera feierte immer noch die Nächte durch und

hing in all den trendigen Clubs ab. Aber sie wurde älter, und ihr vergnügungssüchtiger Lebensstil führte dazu, dass sie nicht gut alterte.

Um also mit den jungen Leuten mithalten zu können, gab sie ein Vermögen für Lotionen und Tränke aus, die versprachen, ihr ihre Jungend wiederzubringen, und als das nicht mehr half, unterzog sie sich Operationen, die sie nicht jünger aussehen ließen, sondern nur merkwürdiger.

Besonders Veras Haar schien seinen Glanz zu verlieren, und zu ihrem Schrecken fand sie darin sogar ein paar graue Strähnen. Sie hörte, es gäbe eine Behandlung, die die alte Haarpracht wiederherstellen könne, also beschloss sie dummerweise, den Quacksalber aufzusuchen und ein Vermögen zu bezahlen, und … na, du weißt schon, was dann geschah.

Wochenlang ging sie nicht mehr aus ihrem Pariser Appartement, hielt die Vorhänge zugezogen und trug ständig einen Turban, bis die Perücke ankam, die sie bei einem besonderen Perückenmacher in London bestellt hatte.

In ihrer Isolation hatte sie eine Menge Zeit, ihren nächsten Schachzug zu planen. Sie beschloss, dass sie eine Veränderung brauchte, aber wie sollte die aussehen? Vera hatte massenweise Geld, und neben dem Pariser Appartement besaß sie noch ein altes Haus in Amsterdam, das sie nie gesehen hatte, das aber, wie ihr Mann gesagt hatte, eine prachtvolle Villa war.

Vielleicht ist es an der Zeit, die Zelte abzubrechen und in die Niederlande zurückzukehren, dachte sie. Je länger sie über diese Idee nachdachte, desto besser klang sie in ihren Ohren.

»Aufgepasst, Amsterdam«, sagte sie zu ihrem Spiegelbild im verzierten Spiegel an der Wand, und ihre Augen funkelten böse. »Vera kommt zurück.«

Und das tat sie – sie kam mit ihrer ganzen Entourage und renovierte die Amsterdamer Villa von Grund auf, sehr zum Schrecken ihrer Nachbarn.

Die Londoner Perücke war ein großer Erfolg – alle glaubten, es wäre ihr eigenes Haar. Sie trug sie nun schon ein paar Jahre, und man hätte glauben können, dass sie deswegen all die dummen Pläne vergessen hätte, mit denen sie ihren erbleichten Locken wieder ihren einzigartigen flammenden Orangeton zurückgeben wollte, aber leider war dem nicht so.

Der Verlust ihrer Haarfarbe quälte sie, und so experimentierte sie Tag für Tag mit allen möglichen irren Gebräuen und Lotionen, von denen nichts wirklich half – tatsächlich schadete einiges davon sogar.

Sie hatte bereits überlegt, ihre Suche nach dem perfekten Orangeton aufzugeben, als sie eines Nachts zufällig eine Dokumentationssendung über wilde Tiere im Fernsehen sah. Sie lag dabei auf dem Bett und stopfte sich Türkischen Honig in den Mund.

Normalerweise schaute Vera derlei Sendungen nicht, weil sie Tiere ja hasste und es ihr vollkommen egal war, was ein Haufen Affen im Regenwald tat. Aber weil ihre Fernbedienung unter einem Haufen Kissen verschwunden war und sie keine Lust hatte, danach zu suchen, schaltete sie nicht um.

Es war der Orang-Utan, der ihr Interesse weckte. Wie eine riesige Spinne krabbelte sie zur Bettkante, um besser sehen zu können, und riss die Augen auf.

»Was für eine atemberaubende Fellfarbe dieser kleine Affe hat! Genau diesen Farbton suche ich schon die ganze Zeit«, schnurrte sie und betrachtete wie gelähmt den wunderschönen, zottigen Pelz des Orang-Utans.

»Das ist es!«, schrie sie. Das war ihr Aha-Moment. »Dr. Lockjaw!«

Dieser Doktor hatte wunderbare Arbeit geleistet, indem er Stammzellen und DNA von allen möglichen Lebewesen extrahiert hatte, und Vera dachte sich, warum also sollte er das nicht auch bei diesen Affen tun? Er konnte die DNA herausziehen, die dem Affen diese wunderbare Fellfärbung verlieh – und sie ihr spritzen. Dann würde sie ihr Haar zurückbekommen! Bei dem Gedanken daran begann sie vor Begeisterung zu sabbern.

»Ich rufe Lockjaw gleich jetzt an«, sagte sie sich, weil sie wusste, dass der Doktor auch zu dieser späten Stunde noch in seinem Labor war, er war besessen von seinen Forschungsprojekten. »Aber zuerst muss ich mir einen Orang-Utan unter den Nagel reißen.«

Sie schmiedete einen Plan. Sie wusste, dass es illegale Tierhändler gab, die wilde Tiere verkauften, die ihren Müttern weggenommen worden waren, aber sie wollte nicht darauf warten, bis sie ein solches Exemplar bekam – zumal es ja direkt hier im Amsterdamer Zoo Orang-Utans gab, die man nur klauen musste.

Vera kannte ein paar extrem widerliche Gesellen, die in der Unterwelt ihr Unwesen trieben, daher wusste sie genau, wen sie anrufen musste. Innerhalb einer halben Stunde war der Deal perfekt. Für eine ausgesprochen beachtliche Summe sollte Vera ein kleiner Orang-Utan beschafft werden, und zwar, indem er am nächsten Abend aus dem Zoo gestohlen wurde.

Ihr nächster Anruf galt Dr. Lockjaw, den sie von ihrem Plan unterrichtete. Genau, wie sie vermutet hatte, war er noch immer in seinem Labor.

»Ist es möglich, Doc«, flehte sie, »etwas von einem Orang-Utan zu extrahieren, das meinen Haaren dieselbe Farbe gibt wie seinem Fell?«

»Nichts ist unmöglich, meine Liebe«, versicherte ihr der Doktor. »Ich werde sofort mit den Experimenten beginnen, sobald der Affe in meiner Klinik ankommt.«

Vera beendete das Gespräch und warf sich zurück aufs Bett. »Endlich«, murmelte sie vor sich hin. »Was lange währt, wird endlich gut!« Dann begann sie zu lachen. Wenn du das gehört hättest, hättest du das Geräusch vielleicht für das Schreien einer irren Hyäne gehalten, die gerade aus ihrem Käfig ausgebrochen ist.

KAPiTEL 30

Um sieben am nächsten Morgen saßen Eddie und Flo auf der obersten Stufe von Tante Budges Haus und diskutierten die Geschehnisse des vergangenen Abends.

»Guten Morgen!«, rief Miss Schmidt, als sie unter ihnen aus der Küchentür kam. »Was hat euch beide denn so früh aus dem Bett getrieben? Kommt mit – ich gehe Milch kaufen.«

Sie hatten einige Schwierigkeiten, mit Miss Schmidt Schritt zu halten, weil sie so schnell ging und so lange Schritte machte, aber schließlich merkte sie es und ging etwas langsamer, damit Eddie und Flo neben ihr laufen konnten.

»Wie lange arbeiten Sie schon für Tante Budge?«, fragte Eddie, der etwas außer Atem geraten war.

»Viele Jahre«, antwortete sie feierlich. »Viele verrückte Jahre lang, und zwar überall auf der ganzen Welt habe ich schon für sie und ihren Ehemann, seine Lordschaft, gearbeitet, bis er verstarb.«

»Sie sind eine wirklich gute Köchin«, sagte Eddie, und er meinte es ehrlich. »Die beste auf der ganzen Welt, würde ich sogar sagen.«

Miss Schmidt neigte graziös den Kopf und gewährte Eddie ein kleines Lächeln, um ihm zu zeigen, dass ihr das Kompliment schmeichelte. »Ich komme aus einem kleinen Dorf in den bayrischen Alpen«, sagte sie. »Mein Vater war Bäcker und meine Mutter die beste Kuchenbäckerin in ganz Bayern. Sie haben mir alles beigebracht, was ich über das Kochen weiß, und obwohl ich eigentlich gar keine Köchin werden wollte, bin ich doch eine geworden.«

»Hören Sie bitte auf, über Essen zu reden«, stöhnte Flo plötzlich. »Ich bin halb verhungert.«

»Was wollten Sie denn stattdessen werden?«, fragte Eddie Miss Schmidt. Er merkte plötzlich, dass er ebenfalls hungrig war.

»Ich wollte zum Film«, verkündete sie zu Eddies

und Flos Überraschung. »Ich wollte in schönen Kostümen mit einem Mann von Adel in einem Ballsaal Walzer tanzen.«

»Haben Sie es denn versucht?«, fragte Eddie.

»Na ja, ich hatte tatsächlich eine kleine Rolle in einem Film in Berlin, aber das war mein erster und einziger Auftritt auf der Leinwand«, erwiderte sie, und es klang ein wenig, als bereute sie das. »Ich war Statistin in einer Szene, die Stars des Films waren die berühmte deutsche Schauspielerin Lena Clodd und mein absoluter Lieblingsschauspieler, dieser Teufelskerl, der draufgängerische Held Wolfgang Schultz.«

Sie blieb einen Moment lang stehen und schüttelte bei der Erinnerung den Kopf. »Da begriff ich, dass es beim Film ganz anders zugeht, als es scheint.« Sie ging weiter. »An meinem ersten Tag auf dem Filmset rief mich der Regisseur zu sich. ›Du bist genau das, wonach ich gesucht habe‹, sagte er. Na ja, ich dachte, meine große Chance sei gekommen … aber da ich fast eins neunzig und damit ebenso groß war wie Wolfgang Schultz, wollte er, dass ich sein

Stunt-Double werde. ›Sie meinen, Herr Schultz, der große Actionheld, macht seine todesverachtenden Stunts gar nicht selbst?‹, fragte ich erstaunt. ›Natürlich nicht‹, erwiderte der Regisseur. ›Er ist viel zu wertvoll für uns, als dass wir riskieren könnten, dass er sich derart in Gefahr bringt. Daher hat er einen Stuntman. Aber der hat sich gestern das Bein gebrochen und die Schulter ausgekugelt, deswegen stecken wir ein wenig in der Klemme, also wie wär's?‹«

»Cool!«, keuchte Flo. »Haben Sie es getan?«

»Natürlich«, antwortete Miss Schmidt. »An einem einzigen Tag wurde ich zweiunddreißig Mal durch das Fenster einer Bar geschleudert und sprang zehn Mal von einem fahrenden Zug auf ein galoppierendes Pferd. Aber als ich in einem stinkenden Sumpf mit einem Alligator kämpfte, während Wolfgang Schultz daneben auf dem Boot saß und sich die Hände maniküren ließ … in dem Moment beschloss ich, dass die Filmindustrie doch nichts für mich ist. Statt also mit einem adeligen Mann Walzer zu tanzen, kochte ich stattdessen für einen – für ihn und seine seltsame Frau.«

»Mögen Sie Tante Budge gar nicht?«, fragte Eddie sie.

»Ich mag sie recht gern«, antwortete Miss Schmidt, »solange sie sich von meiner Küche fernhält. Jedenfalls sind wir inzwischen sehr lange zusammen, und ich habe mich an die lächerlichen Situationen gewöhnt, in denen ich mich manchmal wiederfinde. Wisst ihr, dass ich einmal mitten im Dschungel von Borneo *Crêpe Suzette* auf den Radkappen eines Wagens zubereitet habe?«

Eddie hatte noch nie von *Crêpe Suzette* gehört, aber es klang ziemlich beeindruckend. Er wollte Miss Schmidt gerade fragen, was das sei und was sie im Dschungel gemacht hätten, als Flo laut aufstöhnte.

»Oh nein!«, sagte sie und zeigte auf etwas vor ihnen. »Da ist das Haus dieser schrecklichen Vera. Hoffentlich kommen wir daran vorbei, ohne dass sie uns sieht.«

»Warum?«, fragte Miss Schmidt. »Mag sie euch nicht?«

»Sie hasst uns«, antworteten Eddie und Flo wie

aus einem Mund. Dann erzählten sie ihr alles über Casey den Papagei, den sie eigentlich hatten retten wollen, wobei Tante Budge aber eingewandt hatte, dass sie dafür ins Gefängnis kommen könnten.

»In diesem Fall muss ich den Papagei aus den Klauen dieser schrecklichen Person retten. Das ist das einzig Anständige. Und ich möchte mal sehen, wie mich jemand festnehmen will.«

»Aber wir können doch nicht einfach reingehen und ihn holen«, sagte Eddie und zog ein besorgtes Gesicht. »Sie sieht uns dann doch.«

»Sie müssen sehr vorsichtig – sein – diese Frau hat ein sehr aufbrausendes Temperament«, warnte Flo. »Sie hat uns geschlagen!«

»Ach, hat sie das?«, erwiderte Miss Schmidt grimmig und zog sich die Strickjacke zurecht. »Ich kann es kaum erwarten, sie kennenzulernen.«

Inzwischen waren die Caterer vorgefahren, um die gemieteten Tische, die Tischtücher, die Tabletts mit den schmutzigen Gläsern und Tellern und die Kisten mit den leeren Flaschen wieder einzusammeln. Sie gingen durch Veras Haustür ein und aus, daher war es ganz leicht, einfach mit hineinzugehen – oder, in Miss Schmidts Fall, hineinzumarschieren.

»Wo ist der Vogel?«, fragte sie Eddie.

»In einem Zimmer weiter hinten im Flur«, sagte er und führte sie zu Veras Büro. Sie mussten nicht auf Zehenspitzen gehen oder auch nur die Stimmen senken, denn die Caterer und Putzhilfen machten bereits eine Menge Lärm. Zwei Männer gingen an ihnen vorbei und trugen das riesige Plastik-Schlüsselloch, das Eddie auf der Party gesehen hatte.

»Was ist das denn?«, fragte Miss Schmidt die Männer, die unter dem Gewicht schwitzten und ächzten.

»Moderne Kunst«, sagte der eine und wischte sich das Gesicht mit einem Lappen ab. »Irgendwer hat gestern dafür ein Vermögen bezahlt.«

Miss Schmidt zog die Augenbrauen hoch. »Moderner Müll«, sagte sie verächtlich. »Manche Leute haben offenbar mehr Geld als Verstand.«

Die Bürotür war nicht abgeschlossen. Als sie drinnen waren, brauchten sie einen Moment, bis sich ihre Augen an die Dunkelheit gewöhnt hatten, denn die Vorhänge waren immer noch zugezogen. Aber dann erkannten sie, dass hier drin keine Spur von Casey zu finden war.

»Ihr glaubt aber nicht, dass sie ihn gekocht hat, oder?«, fragte Flo ängstlich. »Bestimmt würde nicht einmal Vera so etwas Schreckliches tun.«

»Ich würde es ihr zutrauen … andererseits ist er auch vielleicht nur in einem anderen Zimmer«, fügte Eddie hastig hinzu, um sie zu beruhigen.

In diesem Moment hörten sie ein gedämpftes Krächzen.

»Psst!«, machte Eddie. »Habt ihr das gehört?«

Sie blieben mucksmäuschenstill stehen und lauschten auf ungewöhnliche Geräusche.

»Krächz.«

Es hörte sich an, als käme das Geräusch aus der Richtung des großen Schranks. Eddie stieg vorsichtig über all die Gegenstände von Veras Schreibtisch, die noch immer auf dem Fußboden verstreut lagen. Vorsichtig öffnete er die Schranktür … und da, versteckt hinter einem Berg von Mänteln, stand Caseys Käfig, mit einem Tuch verhängt.

»Wie gemein, das einem lebendigen Wesen anzutun«, sagte Miss Schmidt wütend, holte den Käfig heraus und stellte ihn auf einen Tisch.

»Puh, das ist schon besser«, krächzte Casey, als Flo die Abdeckung heruntergezogen hatte. »Da drin war es heißer als unter der Achsel eines Matrosen.«

»Kommt«, sagte Miss Schmidt und nahm den Käfig. »Jetzt haben wir den Vogel, lasst uns nach Hause gehen. Wir haben hier alles erledigt.«

Aber als sie in den Flur traten, rate, wer die Treppe herunter stakste?

Ganz genau, es war Vera.

KAPiTEL 31

Mit blutunterlaufenen Augen, noch halb im Schlaf und mit hämmernden Kopfschmerzen nach den Ausschweifungen der vorangegangenen Nacht, schritt Vera die Stufen hinunter. Sie sah aus, als hätte man sie gerade ausgegraben, und hatte eindeutig sehr schlechte Laune – und sie war mehr als nur ein wenig genervt von all dem Lärm und dem Kommen und Gehen der Caterer.

»Macht die Haustür zu!«, brülltc sic. »Es zieht hier wie Hechtsuppe! Wollt ihr, das ich mir hier den Tod hole?«

»Versteckt euch, Kinder«, befahl Miss Schmidt leise. »Überlasst mir diese Kreatur.« Sie schob Eddie und Flo hinter sich, und sie duckten sich hinter einer großen Statue.

Vera stützte sich an der Wand ab und rutschte beinahe die letzten Stufen hinunter, wobei sie gähnte und sich unter dem Turban den Kopf kratzte.

»Was zum …«, zischte sie, als sie Miss Schmidt mit Casey entdeckte. Vera stürzte auf sie zu, um Miss Schmidt besser sehen zu können – sie hatte ihre Brille nicht aufgesetzt und war sich nicht ganz sicher, ob sie ihren Augen trauen konnte.

»Was tun Sie in meinem Haus … und was tun Sie da mit meinem Papagei?«, verlangte Vera zu wissen und zog den halb durchsichtigen Morgenmantel fester um sich, um sich zu bedecken, wobei sie ein wenig ins Schwanken geriet. »Ich muss wirklich ein Schild an der Haustür anbringen lassen, auf dem steht, dass das Gesocks draußen bleiben soll. Es sei denn, natürlich«, sie grinste Miss Schmidt böse an, »Sie wollen sich um die Stelle desjenigen bewerben, der den Abfluss säubert.«

»Ich glaube, Sie kennen sich mit Abflüssen weit besser aus als ich, Mrs-Wie-auch-immer-Sie-heißen«, erwiderte Miss Schmidt mit stählernem Blick.

Veras Nasenflügel bebten, und ihre bereits blutunterlaufenen Augen wurden noch röter. »Mrs-Wie-auch-immer-Sie-heißen?«, kreischte sie. »Wissen Sie nicht, wer ich bin?«

»Nein, ich weiß nicht, wer Sie sind. Aber ich weiß ganz sicher, was Sie sind«, sagte Miss Schmidt und ließ Vera vor Schreck nach Atem ringen. »Sie sind jemand, der grausam zu Papageien ist. Daher bringe ich diesen Papagei an einen sicheren Ort, denn es gab Beschwerden darüber, dass Sie ihn nicht gut behandeln.«

Vera versuchte, ein Wort herauszubringen, bekam stattdessen aber einen Hustenanfall, so außer sich war sie.

»Und wer sind Sie?«, zischte Vera wütend, als sie wieder zu Atem kam. »Und wer sollen die Leute sein, die sich angeblich beschwert haben? Raus aus meinem Haus, und geben Sie mir meinen Papagei wieder! Sie haben absolut kein Recht, ihn mitzunehmen.«

»Ach, habe ich nicht?«, erwiderte Miss Schmidt ganz ruhig, griff in ihre Handtasche und holte eine Karte hervor. »Ich bin von der Papageienschutzliga. Hier ist mein Ausweis.« Sie hielt ihr die Karte vor die Nase. Vera blinzelte, konnte aber ohne ihre Brille nichts entziffern.

»Wenn Sie es vorziehen, kann ich natürlich auch die Polizei rufen«, sagte Miss Schmidt und steckte die Karte zurück in ihre Tasche. »Das würde vermutlich eine Anklage wegen Tierquälerei nach sich ziehen. Schlechte Publicity.«

Vera kochte leise vor Wut. Sie hasste es zu verlieren – und normalerweise bekam sie, was sie wollte, ob nun auf faire oder auf kriminelle Weise. Aber an diesem Morgen sah es so aus, als hätte man sie tatsächlich besiegt.

»Dann nehmen Sie das blöde Ding doch mit«, fuhr sie Miss Schmidt an, »und hauen Sie ab, bevor ich Sie höchstpersönlich rauswerfe!«

»Ach, tatsächlich?«, fragte Miss Schmidt eiskalt. Sie krempelte die Ärmel ihrer Strickjacke hoch und entblößte ein Schwalbentattoo auf ihrem Arm. »Versuch's doch mal, Baby, wie man beim Film sagt.«

»Ach, verschwinden Sie doch«, sagte Vera und wich zurück, da sie sich anscheinend fürchtete. Sie nahm an, dass Milo oder OJ, wenn sie da gewesen wären, mit dieser Frau zurechtgekommen wären. Vera selbst hatte allein keine Chance gegen sie.

»Schönen Tag noch«, sagte Miss Schmidt. Casey krächzte laut etwas ziemlich Unfreundliches über Vera, als sie den Flur hinunter gingen.

Vera stakste die Treppen wieder hinauf, wobei sie sich am Geländer hochzog und finstere Drohungen vor sich hin murmelte.

Erst als Vera sicher oben angekommen war, eilten Flo und Eddie der Köchin hinterher und liefen schnell aus dem Haus.

»Das haben Sie ja toll gemacht, Miss Schmidt!«, sagte Flo voller Bewunderung, als sie wieder auf der Straße standen. »Aber was für eine Karte haben Sie ihr denn da gezeigt?«

»Meine Fahrkarte für die Straßenbahnen und Busse«, antwortete Miss Schmidt. »Ich habe sie ihr einfach unter die Nase gehalten, und die dumme Nuss hat mir geglaubt. Wollte mir noch drohen, uns eigenhändig rauszuwerfen«, fügte sie hinzu und lächelte in sich hinein. »Eins kann ich euch sagen: Niemand legt sich mit Helga Schmidt an und kommt ungeschoren davon. So, jetzt gehen wir nach Hause und frühstücken.«

Im oberen Stockwerk murmelte Vera wütend vor sich hin: »Diese Dame wird schon noch bekommen, was sie verdient hat. Aber erst muss ich mich zusammenreißen und diese bekloppte alte Lady Bud besuchen. Sie wird mir noch überaus nützlich sein, wenn ich zur besseren Gesellschaft von London gehören will.«

KAPiTEL 32

Ich hätte nicht erwartet, einen Papagei in meinem Morgensalon anzutreffen«, sagte Tante Budge und starrte Casey an, der auf dem Kronleuchter saß. »Komm runter, mein Lieber, und setz dich auf den Tisch, damit wir plaudern können.«

Casey folgte ihr gehorsam und setzte sich auf den Rand einer Kristall-Obstschale.

Sie hatten ganz vergessen, dass sie eigentlich mit dem Boot von Flos Vater hatten losfahren wollen. Eddie war mit Butch Gassi gegangen, und Flo war direkt nach Hause zu ihren Eltern gegangen, um sie davon zu überzeugen, Casey zu sich zu nehmen. Miss Schmidt hatte unterdessen ihren zweiten Versuch gestartet, Milch zu kaufen, damit sie schließlich doch noch frühstücken konnten.

»Potzblitz!«, sagte Casey zu Tante Budge, als er sich auf dem Schüsselrand eingerichtet hatte. »Zwei Intuitive an zwei Tagen. Ich glaub, mich laust der Affe, ich hätte nie gedacht, dass ich das mal erleben würde.«

Casey sprach viel, Tante Budge saß nur da und hörte zu, nickte hie und da und stellte ihm hin und wieder eine Frage.

Die Fische waren sofort voller Bewunderung für Casey, als er erzählte, er habe einst einem Matrosen gehört und die Sieben Weltmeere bereist. »Cool, ein Pirat«, flüsterten sie. »Ein waschechter Pirat, der auf einer Obstschale hockt.«

»Eddie ist aber nicht in Veras Haus eingebrochen und hat dich mitgenommen, oder?«, fragte Tante Budge Casey ängstlich, als er seinen Bericht beendet hatte.

»Überhaupt nicht«, erwiderte der Papagei. »Sie sind reingegangen, haben mich aus einem Schrank gerettet, und nach einem bisschen Hickhack zwischen Vera und der großen Frau hat mich die alte Vera gehen lassen.«

»Welche große Frau?«, fragte Tante Budge neugierig.

»Sie arbeitet für dich«, erklärte Casey und pickte an einem Apfel in der Schale. »Sie hat Vera ganz schön an der Nase herumgeführt, das kann ich dir sagen, und ihr vorgemacht, sie wäre von der Papageienschutzliga. Wie hieß sie noch?«, sagte er nachdenklich und kratzte sich den Schnabel. »Miss … Smith – glaube ich. Ihr Name klingt Deutsch.«

»Miss Schmidt?«, rief Tante Budge aus. »Was um Himmels willen hat meine Köchin mit all dem zu schaffen?«

»Ah …«, sagte Eddie, der gerade mit Butch vom Gassigehen zurückkam. »Ich kann das erklären.«

»Bitte tu das doch«, sagte Tante Budge, aber nicht unfreundlich. Also erzählte Eddie ihr die ganze Geschichte.

»Sie ist eine harte Nuss, unsere Miss Schmidt«, sagte Tante Budge liebevoll, als sie Eddies Erklärung angehört hatte. »Aber eigentlich hat sie ein Herz aus Gold.«

Butch hatte noch nie einen Papagei gesehen und

bellte ihn zunächst an, bis Casey auf den Teppich hüpfte und ihm sagte, er solle sich doch bitte beruhigen. »Ich bin ein Papagei«, sagte er zu ihm. »Ein Graupapagei, um genau zu sein. Im Moment bin ich obdachlos, weil ich gerade aus dem Haus einer bösen Frau entkommen bin.«

»Zeig gefälligst ein bisschen Respekt, Butch!«, schrie Dan, der wieder auf dem Rand des Aquariums hing. »Er ist ein Piratenkönig.«

»Ja«, pflichtete Jake seinem Bruder bei. »Er ist ein toller Typ.«

»Eigentlich nicht«, sagte Casey leise zu Butch, damit die Fische ihn nicht hören konnten. »Aber ich war wirklich früher in der Handelsmarine. Ich bin über die ganze Welt gesegelt, bis ich in Rotterdam gestrandet bin, weil mein Schiff ohne mich abgelegt hat. Da bin ich dann im Tierheim gelandet. Das war nicht schlimm, aber ziemlich

laut mit all den anderen Vögeln. Und dann kam der schlimme Tag, an dem ich Vera als Geschenk überreicht wurde. Sie dachten, sie wäre ganz verrückt nach Vögeln – aber sie hasst uns und ist fürchterlicher als jede Piratenkönigin, der ich je über den Weg gelaufen bin.«

Bei dem Wort »Piratenkönigin« hob er etwas die Stimme für die Fische. Sie erbebten vor Aufregung, als sie es hörten, sodass sich die Wasseroberfläche im Aquarium kräuselte.

»Wow« war alles, was Jake hervorbrachte, und er machte eine perfekte Blase dabei.

Butch fand den Papagei interessant, beschloss aber, lieber ein wenig Abstand zu halten, bis sein alter Kumpel Stanley da war. Er wollte erst seine Meinung über Casey hören. Stanley war immerhin auch ein Vogel.

»Jetzt seht euch mich an«, rief Tante Budge plötzlich aus und warf einen Blick auf ihre Armbanduhr. »Ich bin immer noch im Morgenmantel und habe noch nicht einmal gefrühstückt. Ich muss mich anziehen

gehen. Mir ist die Vorstellung zuwider, dass mich jemand außerhalb der Familie in meiner Nachtwäsche sehen könnte. Äußerst unangemessen!« Aber im Gehen stieß sie mit Flo zusammen, die gerade eintrat.

»Ich entschuldige mich vielmals«, sagte Tante Budge und eilte davon.

»Was ist denn mit ihr los?«, fragte Flo verwirrt. »Ist sie böse auf uns wegen Casey?«

»Nein.« Eddie lachte. »Sie hat nichts gegen Casey; sie will nur nicht, dass du sie in ihrem Nachthemd siehst. Das ist alles.«

»Mein Vater würde Casey sehr gern bei uns aufnehmen«, sagte Flo glücklich. »Meine Mutter ist nicht so begeistert … aber sie möchten ihn beide kennenlernen. Könntest du ihm sagen, er soll sich benehmen?«

»Sag ihr, dass ich so süß sein werde wie ein neugeborenes Seepferdchen«, sagte Casey. »Ich wickele sie komplett ein.«

Weil Tante Budge nicht mehr im Zimmer war, setzten sich die drei zusammen, um zu besprechen, wo sich Veras Labor befand. Eddie übersetzte für Flo.

Casey konnte sich nicht genau an den Standort von Veras Labor erinnern, denn er war nur ein Mal dort gewesen, als Vera mit ihm im Käfig in ihrem Rennboot, der »Hexe«, dorthin gefahren war, um herauszufinden, ob er für Dr. Lockjaws Experimente von Nutzen sein könnte. Sein Käfig war abgedeckt, aber im Stoff war ein kleiner Riss gewesen, durch den er hatte hindurchlinsen können. Er begriff, dass sie den Fluss Amstel entlangfuhren, weil Vera am Telefon darüber sprach. Als das Boot anhielt, erblickte er ein weißes Haus mit schwarzen Schuppen dahinter, die aussahen wie ein Bauernhof. Seitlich stand etwas auf den Schuppen, aber er konnte nicht erkennen, was, weil sein Blickfeld durch den Stoff eingeschränkt war.

Im Labor sah sich Dr. Lockjaw Casey kurz an. Daraufhin sagte er, er sei ein magerer alter Vogel und Vera solle ihn loswerden. Sie überlegte, ihn im Fluss zu ersäufen, aber dann fiel ihr ein, dass die Leute sich fragen würden, was mit ihrem Papagei geschehen war, also musste sie ihn wieder mit nach Hause nehmen. »Abscheuliches Vieh«, murmelte sie, als sie die Amstel entlangrasten. »Eines Tages dreh ich ihm den Hals um.«

»Ich glaube, wir sollten jetzt doch mit dem Boot meines Vaters losfahren, wie wir es vorhatten«, sagte Flo, als Casey seine Geschichte zu Ende erzählt hatte. »Und schauen, ob wir dieses Labor finden können.«

»Können wir nicht erst frühstücken?«, stöhnte Eddie. »Ich habe solchen Hunger, ich könnte meinen Schuh essen.«

»Aber dann hättest du nur noch einen Schuh und würdest vermutlich ernsthaft krank und müsstest ins Krankenhaus«, sagte Flo und runzelte die Stirn.

»Das war ein Witz, Flo«, erklärte Eddie. »Aber ich verhungere wirklich gleich.«

»Ich auch«, gestand Flo. »Wir fahren nach dem Frühstück los.«

»Natürlich muss ich mitkommen«, sagte Casey. »Zumal ich euer Kronzeuge bin.«

»Und vergesst uns nicht!«, riefen die Fische.

»Mich auch nicht!«, bellte Butch. »Ihr braucht Verstärkung, falls ihr Probleme bekommt.«

»Also gehen wir wohl alle. Lasst uns essen, und dann hole ich Bunty«, sagte Eddie. »Sie ist in meinem Zimmer und will bestimmt nicht ausgeschlossen sein. Wir sehen uns in der Küche.«

KAPITEL 33

Um diese Tageszeit ist eine Menge Verkehr auf den Grachten«, sagte Flo und lenkte das Boot den Kanal entlang. »Was gut ist – dadurch fallen wir nicht so auf.«

Butch stand wie eine winzige Galionsfigur auf dem Bug des Bootes. Man sah, dass er es genoss, denn er wedelte wild mit dem Schwanz und schaute sich um. Casey saß backbord auf der Reling, und der Fahrtwind zauste seine Federn. »Ah, das habe ich so vermisst«, krächzte er glücklich.

Bunty saß auf Eddies Schulter. Sie war ziemlich unbeeindruckt. »Bist du sicher, dass die junge Dame dafür qualifiziert ist, ein Boot zu führen?«, fragte sie besorgt. »Und ist dieses Wasserfahrzeug überhaupt seetüchtig?«

»Natürlich«, versicherte ihr Eddie. »Mach dir keine Sorgen und genieß die Fahrt.«

»Ich mache mir keine Sorgen«, erwiderte Flo etwas überrascht und drehte sich zu ihm um. »Sehe ich besorgt aus?«

»Ich habe nicht mit dir geredet, Flo«, erklärte Eddie. »Ich habe … äh … mit Bunty gesprochen.«

»Natürlich hast du das«, seufzte Flo und zuckte die Achseln. »Natürlich hast du mit einem Hamster gesprochen. Ich vergesse immer wieder, dass das in deiner Familie völlig normal ist.«

Es dauerte nicht lange, da ließen sie die Grachten in der Stadt hinter sich und erreichten den Fluss Amstel.

»Okay«, sagte Eddie und griff nach Tante Budges Fernglas, das er mitgenommen hatte. »Jetzt haltet bitte alle Ausschau nach einem weißen Haus mit schwarzen Stallgebäuden dahinter.«

Dan und Jake sprangen immer wieder hoch aus ihrem Wasserbehälter und klatschten dann geräuschvoll zurück, begeistert, wieder an Bord eines Schiffes zu sein.

»Deine Fische können wirklich hoch springen«, sagte Flo, die ihnen dabei zusah.

»Höher als ein Känguru!«, rief Dan.

»Höher als diese Luftflugzeug-Dinger!«, schrie Jake.

»Seid besser vorsichtig, damit kein Vogel herunterschießt und euch schnappt«, sagte Eddie und lachte über ihre Kunststücke.

Flo starrte Eddie wieder verwirrt an, dann sagte sie: »Im Ernst? Nicht einmal ein Adler könnte mich wegtragen.«

Zum zweiten Mal an diesem Morgen versuchte Eddie ihr zu erklären, dass er nicht mit ihr gesprochen hatte.

»Sag nichts«, unterbrach sie ihn. »Du hast mit den Fischen gesprochen.«

»Ganz genau«, sagte er, und sie mussten beide lachen.

Über eine Stunde lang fuhren sie die Amstel entlang. An den Ufern standen unzählige Häuser. Sie waren groß und sehr schön … aber keins von ihnen sah dem Gebäude ähnlich, das Casey beschrieben hatte.

»Nee, das ist es nicht, das da auch nicht. Nein, das ist es auf keinen Fall«, wiederholte er, bis Eddie dem Papagei sagte, er solle den Schnabel halten.

Sie merkten, dass sie sehr hungrig geworden waren, und die beiden Kinder fuhren zum Ufer und legten an. Miss Schmidt hatte ihnen Äpfel, Bananen und Erdbeeren eingepackt, außerdem zwei große Butterbrote mit Schokostreuseln.

»Das nennt man *hagelslag*«, erklärte Flo, als sie sie auswickelten. »Das esse ich oft zum Frühstück – machen wir alle so. Das ist typisch holländisch.«

»Ihr glücklichen Holländer«, erwiderte Eddie, nachdem er einen großen Bissen von seinem *hagelslag* genommen hatte. Er fand, das sei das beste Frühstück der Welt.

Butch konnte natürlich nicht aufhören zu kläffen, weil er auch unbedingt einmal diese Schokostreusel probieren wollte. Aber weil Schokolade für Hunde Gift ist, gab ihm Eddie stattdessen einen Hundekeks.

»Danke für nichts«, stöhnte Butch und zog sich unter den Sitz zurück, um ein wenig zu schmollen und verstimmt auf seinem Keks herumzukauen.

Als sie aufgegessen hatten, beschlossen sie, wieder zurückzufahren, um die rechte Seite des Ufers nach dem Labor abzusuchen. Diesmal stellte sich Eddie ans Steuer.

»Aber ramme keine Hausboote«, warnte ihn Flo, die das Fernglas scharf stellte, »und fahr langsam.«

»Entschuldige«, versetzte Eddie hochmütig. »Immerhin habe ich schon einige Erfahrung.«

Flo schnaubte nur.

Noch immer sahen sie keine Spur von dem Haus, und gerade, als sie die Hoffnung schon aufgeben wollten, kreischte Casey plötzlich: »Halt! Es ist da drüben, hinter dem Wäldchen – das weiße Haus mit schwarzen Schuppen dahinter. Das ist es! Das ist Vera van Loons Labor.«

KAPITEL 34

Eddie nahm das Fernglas, um besser sehen zu können. Dort am Ufer ragte ein großes weißes Haus auf, aber Eddie interessierte sich viel mehr für die Gebäude dahinter. Man konnte die schwarzen Schuppen vom Fluss aus über einen kleinen Flussarm erreichen, der breit genug für ein Boot war.

Ein hoher Maschendrahtzaun umgab das Grundstück. An dem Tor hing ein großes Schild mit der Aufschrift *Verboden*.

»Verboten«, übersetzte Flo.

»Schon klar«, sagte Eddie.

An der Seite des einen Gebäudes hing ein weiteres Schild. Eddie blinzelte und stellte das Fernglas schärfer, um besser sehen zu können. »Lockjaw Enterprises«, las er vor.

»Das ist es!«, rief Flo aufgeregt, um dann hastig die Stimme zu senken, für den Fall, dass sie jemand hören konnte. »Als ich in Veras Büro die Papiere vom Fußboden aufgehoben habe, war auf einem der Briefkopf von Lockjaw Enterprises. Ich wette, hier wird der Orang-Utan gefangen gehalten. Warum sonst sollte es hier so viele Sicherheitsmaßnahmen geben?«

»Ich kenne ihn!«, rief Eddie aus, weil es ihm plötzlich wieder einfiel.

»Wen?«, fragte Flo.

»Dr. Lockjaw. Er hat auf Veras Party mit mir gesprochen. Ein ziemlich gruseliger Typ.«

Flo steuerte das Boot auf die Anlegestelle zu, an der ebenfalls ein *Verboden*-Schild hing, aber da sie nicht lange bleiben wollten, gingen sie davon aus, dass sie dort ruhig kurz anlegen konnten. Sie stiegen aus dem Boot, überquerten eine kleine Straße und gingen auf das Haus zu, wobei sie sich alle Mühe gaben, ganz entspannt zu wirken. Unauffällig hielten sie nach Sicherheitskameras Ausschau. Zu ihrer Überraschung schien es keine zu geben.

»Wenn uns jemand sieht, denkt er bestimmt, dass ich nur mit Butch Gassi gehe«, murmelte Eddie und spazierte den schmalen Weg an der Längsseite des Hauses entlang auf das Tor zu, wobei er versuchte, möglichst unauffällig zu wirken.

»Senke lieber den Kopf«, riet Casey, der neben Eddies Schulter flog. »Vera könnte sich hier herumdrücken.«

»Wie sollen wir denn reinkommen?«, fragte Flo. »Ich glaube, das Schild dahinten mit dem Blitz darauf bedeutet, dass das Tor elektrisch geladen ist.«

»Wir verschaffen uns nur kurz einen Überblick«, erwiderte Eddie. »Dann überlegen wir uns einen Plan. Es ist nur so schade, dass wir jetzt nicht reinkönnen.«

»Wer kann wo nicht rein?«, rief eine vertraute Stimme, und mit einem Flügelschlag landete Stanley auf dem Tor. Flo zuckte zusammen. »Wollt ihr wissen, was da drin ist?«, fragte die Krähe. »Tja, das überlasst mal eurem Stanley.«

»Was machst du denn hier?«, fragte Eddie, der

sich sehr freute, seinen alten Freund zu sehen. »Wie hast du uns gefunden?«

»Das war leicht«, sagte Stanley und neigte den Kopf. »Ich bin euch gefolgt. Also, willst du mich nicht deinem Freund vorstellen?«, fragte er und nickte in Richtung Casey.

Eddie kam der Aufforderung nach, und die beiden Vögel verstanden sich von der ersten Sekunde an so ausnehmend gut, dass er sie darauf hinweisen musste, nicht so laut zu sein – sie würden später noch viel Zeit zum Plaudern haben.

»Also kannst du diese Krähe auch verstehen?«, fragte Flo ein wenig verdattert.

»Fürchte ja«, grinste Eddie.

»Na gut, Großer«, sagte Stanley ganz sachlich zu Eddie. »Was soll ich tun?«

»Flieg mal bitte da rüber und schau dir diese Schuppen an«, sagte Eddie. »Sieh nach, ob du darin irgendetwas Verdächtiges finden kannst.«

»Kein Problem«, krähte Stanley. »Willst du mitkommen?«, wandte er sich an Casey.

»Würde ich zu gern, mein Freund«, erwiderte Casey. »Aber meine Flügel sind gestutzt. Ich habe jetzt schon eine ganze Weile im Käfig hocken müssen, daher schaffe ich zurzeit nur ein bisschen Geflatter. Ich würde es nie über die Schuppen hinweg schaffen.«

»Schon in Ordnung«, sagte Stanley heiter. »Du musst das nicht erklären.« Und damit hob er ab, um die Lage zu erkunden. Er landete auf dem Dach eines der Schuppen und schaute sich um, aber dort schien nichts Interessantes zu sehen zu sein. Bei der nächsten Hütte war es dasselbe – durch das Oberlicht erspähte er nur einen Haufen medizinischer Ge-

räte. Schon glaubte er, auf dem ganzen Grundstück nichts Verdächtiges finden zu können – da schaute er durch die letzte Luke im Dach des Schuppens, der ganz weit hinter den anderen Gebäuden stand. Was er sah, erschreckte ihn so sehr, dass er einen Schritt rückwärts machte und mit den Flügen schlug, weil er beinahe vom Dach gefallen wäre.

Bald war er wieder bei den anderen und erzählte ihnen die schockierenden Neuigkeiten.

»Da drin sind 'aufenweise Tiere«, erklärte er, »und alle in Käfigen.«

»Hast du auch einen Orang-Utan gesehen?«, fragte Eddie hoffnungsvoll.

Stanley zupfte an ein paar Federn auf seiner Brust, um sie zu ordnen, bevor er antwortete. »Ja, 'abe ich, und er saß in einem Käfig und wimmerte, der Arme.«

»Ich wusste es!«, rief Casey triumphierend. »Ich wusste, dass hier der perfekte Ort ist, um einen gestohlenen Orang-Utan zu verstecken.«

»Aber wozu will sie überhaupt einen Orang-

Utan haben?«, wunderte sich Eddie. »Das ist doch das Rätsel.«

»Und Rätsel muss man lösen«, erwiderte Stanley und zwinkerte ihm zu.

»Wir müssen spätnachts wiederkommen, wenn hier ganz sicher niemand mehr ist, und dann versuchen wir ihn zu befreien. Machst du mit, Flo?«, fragte Eddie.

»Auf jeden Fall«, antwortete sie.

Und so stiegen sie wieder ins Boot und machten sich auf den Weg nach Hause.

KAPITEL 35

Während Eddie, Flo und die Tiere die Amstel hinunter schipperten, bekam Tante Budge Besuch. Sie war nicht besonders erfreut darüber, weil sie Besucher vor zwei Uhr nachmittags nur ungern empfing. Tante Budges Ansicht war, das man so früh einfach niemanden behelligte, und eine Besucherin wie Vera war letztlich zu keiner Tageszeit willkommen.

»Darling!«, kreischte Vera van Loon und rauschte, nachdem sie Whetstone an der Eingangstür brutal zur Seite gestoßen hatte, ins Zimmer wie ein Orkan. »Wie fantastisch, dich zu Hause anzutreffen. Ich musste einfach vorbeischauen, weil ich mich auf meiner Party gar nicht von dir verabschieden konnte. Hattest du denn Spaß?«

»Ach ja, die Party. Darüber würde ich gern mit dir sprechen«, erwiderte Tante Budge kalt. Vera gab ihr rechts und links ein Luftküsschen, um sich dann unaufgefordert auf das antike Sofa fallen zu lassen. Ihren weiten Wolmantel warf sie über die Armlehne. »Fühl dich wie zu Hause«, bemerkte Tante Budge spitz. »Wie ich schon sagte, ich würde gern mit dir üb–«, aber bevor sie den Satz beenden konnte, unterbrach Vera sie.

»Was für ein charmantes Zimmer«, verkündete sie und schaute sich abschätzig um. »So malerisch und altmodisch – und mit dem Flair vergangener Größe, den ihr Mitglieder der britischen Aristokratie so mögt.« Sie kicherte leise. »Also, wenn ich du wäre, würde ich die Wand dort hinten niederreißen, den schrecklichen alten Kamin wegmachen und das ganze Haus schwarz und rot streichen.«

Tante Budge sah sie erschrocken an, aber Vera plapperte weiter, als merkte sie gar nicht, dass sich Tante Budges Gesicht tiefrot verfärbte und sie mit dem Fuß auf den Boden tappte – immer ein eindeutiger Hinweis darauf, dass sie kurz davor war, zu explodieren.

»Süße«, sagte Vera, »solltest du dich je entscheiden, das ganze staubige Zeug loszuwerden und das Haus zu renovieren, zögere nicht, mich anzurufen. Mein Ruf als Innenarchitektin ist in ganz Europa bekannt.«

»Das kann ich mir gut vorstellen«, entgegnete Tante Budge frostig, »zumal ich gesehen habe, was du mit deinem eigenen Haus angestellt hast.«

»Oh, danke«, gurrte Vera, die nicht merkte, dass Tante Budge das sarkastisch gemeint hatte. »Die Leute sagen immer, dass sie so etwas noch nie gesehen haben. Ein Kunstkritiker war so überwältigt, dass er tatsächlich in Ohnmacht gefallen ist!«

»Das überrascht mich nicht«, bemerkte Tante Budge und warf ihr einen vernichtenden Blick zu. Dann begann sie mit ihr zu schimpfen, weil sie Eddie und Flo so schlecht behandelt hatte. »Vielleicht war das alles nur ein großes Missverständnis«, schloss sie eisig, »aber Eddie ist kein Lügner, und er war ganz außer sich, als er nach Hause kam.«

Vera versuchte, die Augenbrauen hochzuziehen, um so auszusehen, als wäre sie überrascht, schaffte es aber nicht. »Süße, sie waren in meinem Büro«, protestierte sie. »Vermutlich haben sie nach etwas gesucht, was sie klauen konnten.«

»Miss meinen Neffen und seine Freundin nicht an deinen eigenen Maßstäben, Mrs van Loon«, sagte Tante Budge grimmig.

»Ach, Süße, lass uns doch nicht über so ein albernes Missverständnis zanken«, sagte Vera hastig, bevor Tante Budge weiterreden konnte. »Wo wir doch so liebe, alte Freundinnen sind.«

Tante Budge schnaubte angewidert.

»Ich habe dir ein Geschenk mitgebracht, nenn es ein Friedensangebot«, fuhr Vera fort und überreichte ihr eine Tüte, die mit einer kitschigen knallpinken Schleife verschlossen war. »Das sind ein paar Pröbchen aus meiner eigenen Kosmetiklinie, die ich hier in Amsterdam in meinem eigenen Labor entwickelt habe. Darunter ist auch eine wunderbare Anti-Falten-Creme, die dir guttun würde. Ich bin mir sicher, du findest sie hilfreich.«

Tante Budge hätte diese schreckliche Frau am liebsten beim Hals gepackt und sie durchs Fenster in den Kanal geworfen. Dennoch blieb sie ganz ruhig und tat so, als interessierte sie sich für das Geschenk, damit sie mehr über Veras Labor herausfinden konnte.

»Ich gehe davon aus, dass du nur natürliche Inhaltsstoffe benutzt?«, fragte Tante Budge. »Keine Tierversuche, hoffe ich.«

»Darling, meine Produkte sind so rein, sogar ein Neugeborenes könnte sie verwenden«, log Vera. »Alles darin ist vollkommen bio.« Dann warf sie einen Blick auf ihre Armbanduhr und gab ein lautes Kreischen von sich. »Ist es schon so spät? Ich muss ganz schnell los. Ich habe aber auch ununterbrochen immer nur zu tun. Alle wollen was von mir«, sagte sie kokett.

An dieser Stelle begriff Vera, dass sie wegen ihres ausladenden Mantels nicht so schnell verschwinden konnte, wie sie es vorgehabt hatte. Tante Budges Sofa war ein großes, weiches, üppig verziertes Möbelstück. Es hatte demselben Schiffskapitän gehört, der auch die alte Standuhr im Flur besessen hatte. Kunstvoll verschlungene Seile hielten es zusammen, und die Arm- und Rückenlehnen waren mit Schnitzereien bedeckt, die Krabben, Anker, kleine Seejungfrauen und andere maritime Dinge darstellten. Veras riesiger smaragdgrüner Mantel bestand allerdings aus winzigen wollenen Schlaufen, von denen sich einige in den Schwänzen der vergoldeten Seejungfrauen verheddert hatten.

»Mein Mantel!«, rief Vera panisch und zerrte daran, um ihn zu befreien. »Das ist ein originales Lorenzo-de-Cazzio-Stück«, stöhnte sie. Aber die Wollschlaufen wollten sich einfach nicht lösen.

»Pass auf mein Sofa auf!«, rief Tante Budge beunruhigt. »Es ist sehr wertvoll, also sei bitte vorsichtig damit.«

Vera riss ein letztes Mal an ihrem Mantel und hörte zu ihrem Schrecken ein schreckliches Reißgeräusch.

»Ich hoffe, das war dein erbärmliches Sofa und nicht mein Mantel«, zischte Vera böse. Offenbar war es ihr egal, ob Tante Budge sie hörte oder nicht.

Sie warf sich das Kleidungsstück über die Schulter und rauschte aus dem Zimmer. »Cheerio, Darrrrr-ling«, rief sie über die Schulter zurück, wobei sie das R extra rollte. »Lass uns bald mal zusammen lunchen.«

KAPiTEL 36

Als Eddie und Flo nach Hause kamen, war Vera bereits in ihrem Hochleistungs-Rennboot in Richtung Labor abgedüst. Tante Budge ließ sich nicht blicken, aber sie hatte Eddie einen Zettel hinterlassen. Von Vera van Loon zur Frühstückszeit heimgesucht zu werden, habe ihren Nerven zugesetzt, schrieb sie, also sei sie nach oben gegangen, um sich mit Yoga zu beruhigen.

»Was machen wir jetzt?«, fragte Eddie und ging im Zimmer auf und ab. »Wir können den Orang-Utan und all die anderen Tiere nicht an diesem furchtbaren Ort lassen. Wir müssen sie irgendwie retten.«

»Aber wie?«, fragte Flo und nahm ein Fläschchen Canal No. 9 in die Hand, eines der schweren Parfüms aus Veras Amsterdamer Kosmetiklinie, das sie

Tante Budge geschenkt hatte. Sie sprühte etwas davon in die Luft und schnüffelte daran. »Puh!«, rief sie und kräuselte die Nase. »Das riecht ja wie Katzenpisse.«

Butch wühlte wie wild in den Sofakissen herum, wobei er merkwürdige Grunzgeräusche von sich gab.

»Butch, hör auf damit«, sagte Eddie. »Lass das Sofa in Ruhe. Du setzt ihm immer viel zu hart zu.«

»Ich glaube, wir sollten die Polizei informieren«, sagte Flo schließlich. »Soll ich anrufen?«

»Du glaubst, die Polizei hört auf ein zehnjähriges Mädchen?«, fragte Eddie. »Tante Budge hat gesagt, dass sie im Radio gehört habe, es hätten schon ganz viele Leute bei der Polizei angerufen und behauptet, den Orang-Utan gesehen zu haben. Die glauben bestimmt, du wärst eine von diesen Spinnern.«

In der Zwischenzeit hatte sich Butch so tief in das Sofa gewühlt, dass man nur noch seine Hinterpfoten und den Schwanz sehen konnte, der wild wedelte.

»Butch!«, schrie Eddie den Hund an. »Hörst du endlich damit auf? Was suchst du da eigentlich?«

»Das hier«, antwortete Butch durch zusammengebissene Zähne und zog einen Schlüsselbund heraus, der unter die Sofakissen geraten war, wie es des Öfteren vorkommt.

Zuerst dachte Eddie, die Schlüssel würden Tante Budge gehören, aber als er sah, dass an dem Bund der Buchstabe »V« in Gold hing, wusste er sofort, wer die Besitzerin war.

»Schau mal, Flo«, keuchte er, »was haben wir für ein Glück, oder? Das müssen Vera van Loons Schlüssel sein! Tante Budge hat doch geschrieben, dass sie hier war – sie müssen ihr aus der Tasche gefallen sein. Und sieh mal hier«, fügte er triumphierend hinzu und hielt einen grauen Plastik-Schlüsselanhänger hoch. »Das ist doch eins dieser Dinger, mit denen man Garagentore öffnen kann – oder vielleicht auch Eisentore.«

»Meinst du, damit kommen wir ins Labor?«, fragte Flo aufgeregt.

»Tja, da gibt es wohl nur einen Weg, das herauszufinden, oder?«, sagte Eddie grinsend. »Wir fahren heute Nacht wieder dorthin, wenn es dunkel ist und hoffentlich niemand mehr dort ist.«

»Was ist mit deiner Tante?«, fragte Flo besorgt. »Du hast ihr versprochen, dass wir uns nicht in die Sache einmischen.«

»Ich habe wirklich ein schlechtes Gewissen, Tante Budge anzulügen«, erwiderte Eddie schuldbewusst. »Aber wir können nicht untätig herumsitzen und darauf warten, dass jemand den Tieren hilft. Immerhin«, sagte er mit einem listigen Grinsen, »hatte ich die Finger hinter dem Rücken gekreuzt, als ich ihr das Versprechen gegeben habe, deswegen zählt es eigentlich nicht, oder?«

»Ich gebe auf«, sagte Flo und schüttelte den Kopf. »Dann also heute Nacht.«

Unterdessen war Vera wirklich nicht der glücklichste Mensch in Holland, als sie vor dem Labor feststellte, dass sie ihre Schlüssel nicht dabeihatte und nicht hineinkonnte.

»Ich bin mir ganz sicher, dass ich sie noch hatte,

als ich aus dem Haus gegangen bin«, murmelte sie wütend vor sich hin. Aber der Schlüsselbund war nicht in ihrer Handtasche. Als sie ihre Kleidertaschen abklopfte, entdeckte sie, was das Reißgeräusch verursacht hatte, mit dem sie ihren Mantel vom Sofa losgerissen hatte. Vera hatte angenommen, eins der Kissen eingerissen zu haben, aber das stimmte nicht – gerissen war nur die Tasche ihres aus Schlaufen bestehenden Mantels.

»Die Schlüssel müssen irgendwo in dieser Müllhalde sein, die diese dumme Frau ihren Morgensalon nennt«, sagte sie sich. »Ich rufe die alte Fledermaus lieber mal an und versuche, sie in ganz freundlichem Ton zu fragen.«

Tante Budge hatte in ihrem Morgensalon ein antikes Telefon stehen. Obwohl es alt war, funktionierte es noch einwandfrei. Als es klingelte, hatten Eddie und Flo keine Ahnung, woher das Geräusch kam. Schließlich begriffen sie, dass es von dem seltsamen schwarzen Gegenstand ausging, aber sie waren sich nicht ganz sicher, was sie tun sollten.

»Was ist das?«, fragte Flo.

»Das ist ein Telefon«, sagte Eddie. »Ich habe so eins im Museum gesehen. Ich glaube, man muss dieses schwarze Ding abheben und reinsprechen.« Eddie tat es, ließ das Ding aber beinahe wieder fallen, als er Veras Stimme aus dem Hörer quaken hörte.

»Süße«, gurrte Vera, ohne auch nur Hallo zu sagen. »Ich habe mich wirklich ein wenig dumm angestellt und meine Schlüssel verlegt. Sie können eigentlich nur in deinem entzückenden kleinen Morgensalon sein. Könntest du vielleicht das Sofa für mich absuchen?«

»Leider nicht«, erwiderte Eddie mit ganz hoher Stimme. Er versuchte, wie seine Tante zu klingen und gleichzeitig nicht zu lachen. »Ich fürchte, der Hamster hat sie gefressen.«

»Was!?«, brüllte Vera. »Wie kann ein Hamster einen Schlüsselbund fressen? Das hab ich ja noch nie gehört ... Warte mal«, sagte sie dann, weil sie begriff, dass irgendetwas nicht ganz stimmen konnte. »Das ist nicht Lady Buddleia, oder? Du bist das Balg, oder?«

»Ja, hier ist das Balg«, sagte Eddie in seiner eigenen Stimme, »und wenn du die Schlüssel willst, musst du morgen Abend vorbeikommen, weil es gerade nicht passt.«

Währenddessen rollte Flo auf dem Boden herum und presste sich ein Kissen auf den Mund, um ihr Kichern zu dämpfen.

»Verstehst du«, fuhr er fort, »wir gehen heute Abend alle aus und sind vor morgen nicht wieder da, du wirst also warten müssen.« Und damit legte er den Hörer wieder auf.

»Wenn wir ihre Schlüssel haben, bedeutet es, dass sie nicht in ihr Labor kann«, sagte Eddie. »Wir aber schon … und jetzt haben wir bis morgen Abend Zeit dazu.«

»Cool«, sagte Flo. »Dann lass uns dicscn Orang-Utan retten.«

KAPiTEL 37

Veras frustrierte Schreie waren bis hinunter zur Amstel zu hören, aber schließlich kühlte sich ihre kochende Wut etwas ab. Sie kletterte aus dem Boot und stampfte den Weg zu den schwarzen Schuppen hinauf. Sie klingelte an der Gegensprechanlage am Tor, und dass sie ein wenig warten musste, bis sich jemand meldete, half nicht, ihre Laune zu verbessern.

»Geht gefälligst an die Gegensprechanlage, ihr Idioten«, kreischte sie und stach mit dem Finger mehrfach auf den Klingelknopf ein, »sonst schmeiß ich euch alle raus!«

Schließlich meldete sich die ängstliche Stimme einer jungen Laborassistentin. »Sind Sie das, Mrs van Loon?«

»Nein, hier ist Königin Máxima«, erwiderte Vera mit süßer Stimme. »Ich dachte, ich komme kurz vorbei, weil ich gerade in der Nähe war.«

Ein lautes Keuchen ertönte, dann wurde es eine Weile still. Schließlich ertönte die Stimme erneut, diesmal zitternd.

»Oh, Eure Majestät ... wir haben Ihren königlichen Besuch gar nicht erwartet«, stotterte die Stimme. »Wir sind nicht vorbereitet ... wir haben nicht ... wissen Sie ...«

Jetzt explodierte Vera. »Ich bin's, du schwachsinniges Erbsenhirn! Ich habe meine Schlüssel verloren. Schau in die Kamera«, zischte sie und hielt ihr Gesicht vor die Linse.

Die Stimme quiekte leise, und der Öffnungsmechanismus des Tors setzte sich in Bewegung.

»Ich habe sie nicht verloren«, schäumte sie, als das große Metalltor auseinanderglitt. »Ich weiß ganz genau, wo sie sind – dieses Balg hat sie, und ich wette, er heckt etwas aus. Wenn dem so ist, wird er es bereuen. Ich ziehe ihm und seiner besserwisserischen Freundin die Haut ab.«

KAPiTEL 38

Die Stimme an der Gegensprechanlage hatte einer jungen Assistentin aus Indonesien gehört, die Miss Lubis hieß.

»Warum bist du zur Gegensprechanlage gegangen?«, wollte Vera wissen. »Was ist mit den Sicherheitsleuten passiert?«

»Die haben alle die Grippe«, erklärte Miss Lubis, die sich redlich mühte, mit Vera Schritt zu halten, die den Korridor hinunter marschierte. »Dr. Lockjaw hielt es für das Beste, dass sie nicht herkommen, damit sie die Tiere nicht anstecken. Besonders der Orang-Utan ist für menschliche Krankheiten anfällig.«

»Öde«, fuhr Vera sie gereizt an. »Und wenn sich der Affe erkältet? Mir doch egal. Wo ist der

Doktor? Ich will sehen, wie die Experimente laufen.«

Dr. Silas Lockjaw war früher ein allseits respektierter Forscher gewesen, aber seine illegalen und unethischen Experimente hatten dazu geführt, dass er aus der Ärztekammer ausgeschlossen worden war. Dennoch hielt er sich weiterhin für ein Genie, das irgendwann einmal in der Lage sein würde, die Zeit zurückzudrehen und diejenigen mit genügend Geld wieder jung und schön zu machen.

Vera hielt ihn ebenfalls für ein Genie, deshalb investierte sie ein kleines Vermögen in ihn. Sie war überzeugt, dass er irgendwann eine Formel entwickeln würde, die ihrem Haar den feurig orangefarbenen Ton wiedergeben konnte. Der Doktor hatte gestern Abend auf der Party ein paar vielversprechende Bemerkungen gemacht, die so klangen, als wäre eine Lösung in Sicht.

»Meine liebe Mrs van Loon«, begrüßte Dr. Lockjaw sie. »Sie sind genau rechtzeitig gekommen.«

»Ist es schon fertig?«, rief Vera gierig aus. »Mein magisches Serum – ist es fertig, Doktor? Bitte, bitte sagen Sie mir, dass es fertig ist, sonst lege ich mich gleich zum Sterben in einen Graben.«

Lockjaw lachte.

»Geduld, meine Liebe«, sagte er. »Das Serum ist beinahe fertig. Ich muss nur noch einige kleinere Anpassungen vornehmen, dann können Sie es haben.«

Und so verabredeten sie, dass der Doktor Vera, sobald das Serum noch ein wenig verbessert war, einen Zugang legen und sie an den Tropf hängen würde, um ihr die seltsame Flüssigkeit einzuflößen.

»Ich habe dem Orang-Utan Blut, Stammzellen und DNA entnommen«, erklärte der Doktor. »Ich fürchte jedoch, dass Sie nach der Behandlung über Nacht in der Klinik bleiben müssen, damit ich Sie beobachten kann.«

Vera hätte auch im Schneesturm auf dem Dach geschlafen – sie wollte nur das Haarserum haben. Sie war so ungeduldig, dass es ihr nicht einmal etwas ausmachte zu warten, als der Doktor in sein Büro ging, um die »kleinen Anpassungen« vorzunehmen.

Eine ganze Wand des Labors bestand aus Käfigen, in denen verschiedene Tiere saßen. Es gab Mäuse, einen Hasen mit einem Verband über einem Auge, Tauben, und ganz hinten im letzten Käfig, sehr still und ganz eindeutig völlig verschreckt, hockte der kleine Orang-Utan.

Vera ging zu seinem Käfig und steckte einen knochigen Finger durch das Gitter. Der Orang-Utan erwog kurz, fest hineinzubeißen, aber sie sah so merkwürdig aus, dass er dachte, sie könnte vielleicht giftig sein, daher ließ er es lieber bleiben.

»Dank dir, mein kleiner roter Affe«, schnurrte sie, »habe ich morgen mein wunderbares orangefarbenes Haar wieder.«

Dem Orang-Utan gefiel es nicht besonders, Affe genannt zu werden. Da er sie nicht beißen wollte, hatte er das Gefühl, etwas anderes tun zu müssen, um dieser Frau zu zeigen, was er von ihr hielt. Er warf einen seiner Haufen nach ihr und sprang dann an den Gitterstäben hinauf, wobei er eine Menge Lärm machte.

Vera schrie laut auf. Sie wich hastig vom Käfig

zurück, glitt auf dem Affenkot aus und fiel flach auf den Rücken.

Der Orang-Utan klatschte begeistert in die Hände. Er sprang auf und ab und gab ein paar hochtonige Kreischlaute von sich, denn so lachen Orang-Utans.

Vera war vollkommen außer sich. »Du widerlicher kleiner Affe«, zischte sie, schüttelte den besudelten Schuh von ihrem Fuß und rappelte sich vom Boden auf. »Ich würde dir auf der Stelle den Hals umdrehen, aber ich brauche dich noch. Weißt du, kleiner Affe, ich werde nämlich darauf bestehen, dass der Doktor noch mehr Serum aus dir gewinnt, nur für den Fall, dass ich Nachschub brauche … und das wiederum bedeutet, dass du nie, nie wieder aus diesem Käfig herauskommst.«

Das Äffchen zog sich rasch ganz nach hinten in seinem Käfig zurück und saß dort ganz still, zu verängstigt, um Vera auch nur anzuschauen. Als sie wieder an den Käfig herantrat, spürte es wie ihr Schatten immer größer wurde, bis es ganz davon verdeckt war. Es sah nicht einmal mehr das Licht hinter ihr, nur Veras dunklen Umriss und ihre Augen, die gelb leuchteten wie die einer Schlange.

»Wenn ich du wäre, kleiner Affe, dann würde ich mir ein paar Manieren angewöhnen«, sagte sie drohend. »Sonst hole ich das nächste Mal den Viehtreiber. Ein paar Elektroschocks bringen dir sicher die Flötentöne bei.«

Sie nahm ihren mit Affenmist beschmierten Schuh zwischen Daumen und Zeigefinger und warf ihn in einen Ausguss, damit Miss Lubis ihn säuberte. Wenn Miss Lubis nicht alles ganz genau so machte, wie man es ihr befahl, würde Vera ihr einfach ihren Pass nicht wiedergeben. Was bedeutete, dass Miss Lubis ebenso wie der Orang-Utan in der Falle saß.

Vera merkte, dass sie mit nur einem Schuh ging, als hätte sie einen Fuß auf dem Bürgerstcig und den anderen im Rinnstein, daher schüttelte sie ihn ebenfalls ab. Der Schuh prallte gegen den Taubenkäfig, und die Vögel flatterten panisch auf.

Dr. Lockjaw erschien in der Tür. »Bevor ich das Serum fertigstelle, möchte ich, dass Sie sich etwas sehr Interessantes anschauen«, sagte er und winkte sie ins Sicherheitsbüro. Der Doktor lebte in ständiger Angst vor einer Polizeirazzia, und obwohl er ansonsten Sicherheitsleute hatte, schaute er selbst ständig auf die Bilder der Sicherheitskameras. Immerhin wurde er von der Schweizer Polizei gesucht, und wenn man erfuhr, dass er an einem gestohlenen Orang-Utan Experimente durchführte, würde man ihn wieder ins Gefängnis stecken.

Vera tappte mit ihren Plattfüßen in das Büro wie ein schmollender, schlaksiger Teenager. Sie wollte ihr Serum haben, und sie wollte es jetzt. Sie war nicht hierhergekommen, um sich Material der Sicherheitskameras anzuschauen.

»Was ist es denn?«, fragte sie ungeduldig.

»Nur einen Moment bitte«, sagte Dr. Lockjaw und fummelte an einigen Reglern herum. »Ich rufe es eben auf.«

An der Wand hing eine ganze Reihe von Fernsehschirmen. Während er Knöpfe drückte, saß Vera da und schaute sich an, was draußen vor sich ging. Weil im Hof nichts geschah, schaltete sie um zu der Kamera am Tor. Sie gähnte vor Langeweile und sah sich dann das Material an, das von der Kamera aufgenommen worden war, die in einem Vogelhäuschen vor dem Haus verborgen war. Diese filmte den Bereich des Anlegers, den Weg und den Fluss. Daher hatten Eddie und Flo geglaubt, dass es hier keine Sicherheitskameras gäbe – sie waren einfach zu gut versteckt.

Vera sah ein Paar, das mit seinem Hund vorbeiging. Da die Kamera auch ein Mikrofon besaß, hörte sie, wie die beiden über den Preis von Wandfarbe diskutierten und sich fragten, ob es sich lohnte, das Gästezimmer zu renovieren.

»Malt es doch schwarz an, ihr Trottel«, sagte Vera, obwohl das Paar sie nicht hören konnte. »Das ist der letzte Schrei. Also, was ist jetzt?«, fuhr sie den Doktor an. »Was gibt es da so Interessantes zu sehen? Wehe, es ist nicht gut …«

Der Doktor achtete nicht auf ihre Beschwerden. Er hatte das Band eines der Monitore zurückgespult und es an einem bestimmten Punkt angehalten. Dann sagte er, sie solle sich den Film ganz genau ansehen. Vera verstummte, als sie ein Boot mit zwei jungen Leuten darin erblickte, die sie wiedererkannte.

»Uh«, brachte sie hervor. »Schon wieder diese Bälger. Was schleichen die hier herum?«

»Schauen Sie weiter«, sagte der Doktor. »Es wird noch schlimmer.«

KAPITEL 39

Vera sah genauer hin: Eddies und Flos Boot lag dort im Wasser. Sie fragte sich, worüber die beiden sprachen und warum sie auf das Haus zeigten.

»Er hat ein Fernglas«, ächzte Vera, »und er schaut direkt zum Labor herüber, die abscheuliche kleine Ratte. Auf seiner Schulter sitzt mein Papagei! Ich wusste doch, dass mit dieser Frau von der Papageienschutzliga etwas faul war«, knurrte sie. »Jetzt fahren sie auf die Anlegestelle zu … und besitzen doch tatsächlich die Dreistigkeit, mit ihrem Boot anzulegen!«

Veras Stimme wurde immer lauter, während sie dabei zusah, wie Eddie und Flo aus dem Boot stiegen und zum Haus gingen. Jetzt sah sie sie nicht nur, sondern konnte außerdem hören, was sie sagten.

»Ich wusste doch, dass die etwas aushecken!«, schrie Vera und schlug mit der Faust auf den Schreibtisch. »Und ich werde auch herausfinden, was.«

Plötzlich tauchte eine große schwarze Krähe im Bild auf und setzte sich aufs Tor. Sie traute kaum ihren Augen, als sie sah, wie Eddie mit ihr sprach, als verstünden sich die beiden. Für Vera sah es tatsächlich so aus, als führten sie eine richtige Unterhaltung.

»Flieg mal bitte da rüber und schau dir diese Schuppen an«, sagte Eddie. »Sieh nach, ob du darin irgendetwas Verdächtiges finden kannst.«

Vera wurde blass. »Also sind sie mir auf den Fersen«, stöhnte sie. »Wie sie es herausgefunden haben, ist mir schleierhaft. Irgendwer muss geplaudert haben!«

Der Doktor schaltete zu einer Kamera, die auf das Dachfenster gerichtet war. Vera schaute voller Schrecken dabei zu, wie Stanley auf dem Dach herumhüpfte und ins Labor hinunter spähte, um dann wieder fortzufliegen. Ihr fiel die Kinnlade beinahe auf die Brust, als sie sah, wie der Vogel zurück zum

Tor flog und Eddie mit ein paar langen Schreien irgendwie berichtete, was er gesehen hatte.

Das Blut wich ihr aus dem Gesicht, als sie hörte, wie Eddie sagte: »Also hat sie den Orang-Utan! Wir kommen heute Abend nach Einbruch der Dunkelheit wieder, wenn hoffentlich niemand mehr hier ist, und dann versuchen wir, hineinzukommen. Aber kein Wort zu Tante Budge – sie wird nur versuchen, uns daran zu hindern.«

»Der Junge hat jeden Krächzer und jeden Schrei aus dem Schnabel dieses Vogels verstanden!«, rief Vera vollkommen ungläubig aus. »Aber wie? Hat er das Vieh irgendwie dressiert? Ich kann kaum glauben, was ich da gerade gesehen habe.«

»Allerdings«, sagte Dr. Lockjaw. »Daher auch meine Besorgnis.«

Vera saß vollkommen erschüttert da und konnte es nicht begreifen. Das Serum hatte sie vollkommen vergessen. »Eine sprechende Krähe?«, sagte sie immer wieder. »Und das Balg kann sie verstehen … und jetzt wissen die, dass ich den Orang-Utan habe … und sie wollen heute Nacht zurückkommen, um ihn zu retten? Oder zumindest denken sich die kleinen Schwachköpfe das so.«

»Ganz genau«, stimmte der Doktor zu. »Glücklicherweise werden sie es auf keinen Fall schaffen, ins Labor …«

»Die Schlüssel!«, heulte Vera auf. »Sie haben meine Schlüssel! Damit können sie einfach hereinspazieren. Sie können Fotos machen und sie der Polizei geben. Ich würde mich nicht wundern, wenn diese Krähe auch noch eine Kamera bedienen könnte, so wie die sich verhält!«

»Beruhigen Sie sich, Mrs van Loon«, sagte der Doktor. »Lassen Sie mich nachdenken.« Er schwieg eine Weile. Dann sagte er: »Es gibt nur eine Lösung. Wenn Sie wirklich kommen, warten wir hier auf sie.«

»Und dann?«, fragte Vera, die nicht überzeugt wirkte.

Der Doktor lächelte sie kalt an. »Dieser Junge ist interessant«, sagte er unheilvoll. »Ich würde nur zu gern herausfinden, wie er diese Krähe verstanden hat. Es würde sich lohnen, den Teil seines Hirns, der für Sprache zuständig ist, zu untersuchen. Eine gefährliche Operation, aber wir sorgen uns nicht wirklich um das Wohlergehen dieses Jungen, oder, Mrs van Loon?«

Vera interessierte es weniger als einen feuchten Kehricht, was mit Eddie geschehen würde. »Was ist mit dem Mädchen?«, fragte sie.

Der Doktor rieb sich die Hände.

»All das junge Blut, ganz zu schweigen von den Stammzellen eines so gesunden, jungen Exemplars? Also damit könnte ich Sie beleben, verjüngen. Sie würden die Klinik als ganz neue Frau verlassen.«

»Dann lassen wir sie einfach kommen«, sagte sie und leckte sich die Lippen. »Und Tante Vera wird mit ein paar bösen Buben auf sie warten.«

KAPiTEL 40

Vera rief rasch Milo und OJ an, die Türsteher von ihrer Party, und blaffte Anweisungen durch die Leitung. Die beiden sollten später zur Klinik kommen.

»Ich habe so ein Gefühl, dass das heute die Nacht meines Lebens werden könnte«, sagte sie heiter, als sie zu ihren Privaträumen in der Klinik ging, die für Gelegenheiten wie diese wie ein sehr teures Hotelzimmer ausgestattet waren. »Ich werde mein wunderschönes Haar zurückbekommen und gleichzeitig diese beiden Bälger zum Schweigen bringen. Perfekt!«

Sie rief den Doktor, um zu hören, ob er schon fertig war. Offenbar war er das, denn er erschien mit einer riesigen Spritze in der Hand, die eine leuchtende Flüssigkeit enthielt. Vera quiekte begeistert.

»Ich werde Ihnen jetzt zwei Spritzen geben«, erklärte Dr. Lockjaw, als sie sich aufs Bett legte, »und dann werde ich Sie an einen Tropf hängen. Wenn sich die beiden Flüssigkeiten in Ihrem Blutkreislauf vermengen, wird sich die Pigmentierung und Struktur Ihres Haares allmählich verändern.«

»Wunderbar.« Vera seufzte glücklich. »Dann legen Sie mal los, Doc.«

Um zwei Uhr morgens schlichen sich Eddie und Flo hinaus, ohne jemanden zu wecken, und fuhren mit den Fahrrädern zu Veras Labor. Butch und Bunty nahmen sie mit. Die Fische hatten darauf gedrängt, ebenfalls mitkommen zu dürfen, aber Eddie hatte mitteilen müssen, dass das einfach zu schwierig sei.

Casey hatte keine besondere Lust gezeigt, sie zu begleiten, ebenfalls aus praktischen Gründen. »Ich finde es schwierig, den Schnabel zu halten«, erklärte er. »Es bricht manchmal aus mir heraus, und dann kann ich es nicht kontrollieren. Ich will euch nicht verraten. Daher, wenn es euch nichts ausmacht, möchte ich lieber hier die Stellung halten.«

Auf den Straßen war es leise; es gab so gut wie keinen Verkehr. Nur ein paar Fahrradfahrer waren auf dem Heimweg von den Bars und Restaurants, in denen sie arbeiteten. Die Straße, die am Fluss entlang zum Labor führte, lag in tiefer Dunkelheit. Nur hin und wieder fiel der Schein einer Lampe auf einem der Hausboote oder aus den Häuser am Ufer auf den Weg. Eddie hatte das Gefühl, dass ganz Amsterdam schlief, abgesehen von Flo, Butch, Bunty und ihm.

Sie lehnten die Fahrräder gegen einen Busch und gingen auf Zehenspitzen den Weg zum Tor hinauf.

»Ich glaube ja immer noch, dass man mit diesem Plastikdings an Veras Schlüsselbund das Tor öffnen kann«, flüsterte Eddie Flo zu. »Ich glaube, die Anlage hat einen Sensor.«

»Dann versuch's«, drängte ihn Flo. »Mal gucken, ob es funktioniert.«

Es funktionierte. Das Tor glitt lautlos auf. Eddie, Flo und die Tiere schlichen auf das Grundstück und machten sich auf den Weg zu dem Schuppen, in dem Stanley den Orang-Utan gesehen hatte.

»Welcher von diesen hier wohl in die Tür passt?«, überlegte Eddie und besah sich die Schlüssel in seiner Hand.

»Versuch es wieder mit dem Plastikdings«, schlug Flo vor. »Hier an der Seite scheint noch ein Sensor zu sein.«

Tatsächlich ließ sich mit dem Schlüsselanhänger die Tür öffnen, und die Bande betrat geräuschlos das Labor. Abgesehen von einem blauen Nachtlicht lagen die Räume in totaler Finsternis.

»Sieh dir all diese Käfige an«, flüsterte Bunty, die über den Rand von Eddies Jackentasche spähte. »Und seht euch nur all die armen Tiere an, die darin eingesperrt sind. Das ist doch kriminell!«, fügte sie hinzu. »Einfach kriminell.«

»Keine Sorge, wir lassen sie alle frei«, versicherte ihr Eddie. »Aber lasst uns zuerst den Orang-Utan finden.«

Es war Butch, der ihn fand. Mit seinem hervorragenden Geruchssinn erschnüffelte er sofort den Käfig des Orang-Utans und trappelte dorthin.

Eddie und Flo folgten ihm leise durchs Labor. Eddie kniete sich vor den Käfig und sprach mit dem gefangenen Tier.

»Hallo«, sagte er sanft. »Ich heiße Eddie. Erinnerst du dich an mich? Du hast mich im Fenster gesehen, als du auf dem Frachtkahn warst.«

Der kleine Orang-Utan krabbelte auf Eddie zu. Er griff durch das Gitter nach Eddies Hand und drückte sanft seinen Finger.

»Bringst du mich zurück zu meiner Mutter?«, fragte das Äffchen. Seine großen dunklen Augen schimmerten im blauen Licht. »Ich mag es hier nicht. Diese bösen Menschen tun mir weh.«

»Ich hole dich hier heraus, und wenn es das Letzte ist, was ich tue«, erwiderte Eddie entschlossen. »Aber ich muss den Schlüssel für deinen Käfig finden. Wie heißt du, kleines Kerlchen?«, fragte er.

»Monty«, antwortete der Orang-Utan, »und die Schlüssel hängen in diesem Kasten da an der Wand.«

Flo schaute verblüfft zu. Offenbar konnte Eddie wirklich jedes Tier auf dem Planeten verstehen, einschließlich Orang-Utans. Sie war plötzlich sehr stolz, dass er ihr Freund war.

»Ich nehme die Schlüssel, dann holen wir dich raus«, sagte Eddie zu Monty. »Aber keinen Laut …«

Doch bevor er sich in Bewegung setzen konnte, gingen plötzlich alle Lichter an. Milo und OJ, die Türsteher-Brüder, die Vera angeheuert hatte, hatten ein Nickerchen gehalten, anstatt die Sicherheitskameras im Auge zu behalten. Jetzt jedoch standen sie in der Tür, riesig und angsteinflößend.

»Packen wir sie!«, rief Milo und stürzte sich auf Eddie und Flo.

KAPiTEL 41

Butch, der ein mutiger kleiner Hund war, rannte sofort auf die Brüder zu, bellte böse und fletschte die Zähne.

Zufälligerweise hatte OJ Angst vor Hunden, selbst vor sehr kleinen. Er quiekte und wich zurück. Aber Milo, der keine Angst vor Hunden hatte, trat nach Butch, sodass der über den glänzenden Laborboden schoss.

»Tritt nicht meinen Hund!«, schrie Eddie wütend und stürzte sich mit geballten Fäusten auf Milo. »Ich habe keine Angst vor dir.«

Milo, der viel größer war als Eddie, lachte verächtlich. Er packte den Jungen und klemmte ihn sich unter den Arm. Eddie trat und schlug um sich,

wehrte sich mit aller Kraft, aber der Bösewicht hielt ihn ganz fest, und es gab kein Entkommen.

Flo entdeckte eine große Sprühdose mit Desinfektionsmittel, schnappte sie sich und ging zum Angriff über. »Setz ihn ab!«, verlangte sie wütend und spritzte dem Mann das Desinfektionsmittel ins Gesicht.

Milo, der fürchtete, es könnte sich dabei um etwas Gefährliches handeln, ließ Eddie sofort fallen.

»Pack sie!«, rief er OJ zu, der vor Angst wie Götterspeise zitterte und auf einen Stuhl gestiegen war, um Butch zu entkommen, der kläffte und knurrte.

»Nimm den weg«, wimmerte der Bösewicht. »Bitteeeee!«

Monty rüttelte unterdessen an den Gitterstäben seines Käfigs und kreischte, die Vögel veranstalteten einen Höllenlärm, die Mäuse und Ratten quiekten laut, und selbst der Hase trommelte mit den großen Hinterläufen auf den Boden seines Käfigs, was wie ein Schlagzeug klang. Der Lärm war ohrenbetäubend.

»Kann mir freundlicherweise jemand erklären, was hier los ist?«, sagte eine laute Stimme.

Es war Vera, die von dem Lärm aufgewacht war. Sie bot einen grauenvollen Anblick, wie sie da mit ihrem schwarzen Turban und einem neongrünen Nachthemd stand, das Gesicht mit Creme bedeckt. Sie hing immer noch am Tropf mit dem magischen Serum, der von einem Ständer auf Rädern hing.

»So, so, so«, fauchte sie, als sie Eddie und Flo entdeckte. »Sperr sie in einen leeren Käfig«, befahl sie Milo, »und du – komm runter von dem Stuhl und kümmere dich um den Köter.«

OJ grinste verlegen, zitterte aber am ganzen Körper vor Angst und konnte sich nicht rühren, weil Butch ihn böse anschaute und knurrte.

Vera seufzte ungläubig. »Du riesiger stinkender Kuhfladen von einem Feigling!« Sie marschierte entschlossen auf Butch zu, packte ihn beim Nacken und schleuderte ihn in einen leeren Käfig. »So, jetzt wollen wir doch mal sehen, ob ihr dasselbe mit den Bälgern fertigbringt. Sperrt sie ein. Ich habe noch ein paar Stunden, bevor meine Behandlung beendet ist.«

Die Bösewichte waren viel größer und stärker als Flo und Eddie. Widerstand war zwecklos, und es dauerte nicht lange, da saßen die beiden Kinder zusammen mit Butch im Käfig.

»Was ist mit unserem Geld?«, fragte einer der bösen Kerle, wagte es aber nicht, Vera direkt anzusehen. »Sie haben uns noch nicht bezahlt.«

»Ihr bekommt euer Geld schon«, fuhr Vera ihn an, »auch wenn ihr es nicht verdient habt. Jetzt geht zurück ins Büro und haltet nach den Bullen Ausschau.«

OJ und Milo trotteten davon und ließen Vera allein mit den Kindern.

»Ihr haltet euch wohl für oberschlau, was?«, sagte sie hämisch und schaute durch die Gitterstäbe, was Butch zum Knurren brachte. »Tja, jetzt seht ihr ja, wohin euch das gebracht hat. Was machen wir denn jetzt mit euch?« Sie lächelte listig in sich hinein, als wäre ihr gerade eine teuflische Idee gekommen. »Ihr seid beide jung und gesund«, sagte sie und musterte sie wie die Hexe aus *Hänsel und Gretel.* »Und da der gute Doktor an einem neuen Verjüngungsserum arbeitet, kann er sicher ein bisschen was von eurem frischen jungen Plasma gebrauchen, ganz zu schweigen von den hübschen kleinen Baby-Stammzellen, die ihr habt. Vielleicht wird das zu einem wichtigen Bestandteil, das dem Serum noch den letzten Kick gibt. Was denkt ihr darüber, hm, Flo?« Sie grinste böse, um Flo zu reizen.

»Meine Eltern werden uns suchen und finden«, erwiderte Flo wütend. Sie war sich sicher, dass es genau so sein würde.

»Tante Budge auch«, fügte Eddie hinzu. »Sie ist richtig schlau. Jedenfalls weit schlauer als du.«

Vera lachte nur. »Oh, der jugendliche Optimismus«, höhnte sie. Dann wurde sie plötzlich sehr wütend und presste ihr fettiges, mit Creme beschmiertes Gesicht an die Gitterstäbe. »Da gibt es nur eine klitzekleine Sache, die verhindert, dass ihr jemals gerettet werdet«, zischte sie und hielt die Käfigschlüssel hoch. »Niemand weiß, dass ihr hier seid. Und was noch wichtiger ist: Niemand wird es je erfahren. Und jetzt gehe ich zurück ins Bett und will nicht mehr gestört werden, aber sobald Dr. Lockjaw aus seinem Gefrierraum im Keller kommt und meine wunderbare Behandlung vollendet ist, werdet ihr beide seine Versuchskaninchen sein. Er will sich dein Hirn anschauen, kleiner Junge, denn ihn interessiert ungemein, wie du es geschafft hast, mit dieser Krähe zu sprechen. Was hast du doch für ein Glück!«

Sie gackerte fröhlich vor sich hin und hüpfte beinahe zurück in ihr Schlafzimmer, wobei die Räder ihres Tropfständers quietschten. »Ruht euch gut aus!«, rief sie über die Schulter hinweg, hängte die Schlüssel zurück in den Kasten an der Wand und löschte das Licht. »Tante Vera möchte euch morgen schön ausgeschlafen haben für all die schönen Experimente.«

Sie saßen einen Moment lang in der Dunkelheit und wussten nicht, was sie tun sollten. Dann fragte Flo verängstigt: »Was nun?«

»Irgendwie müssen wir aus diesem Käfig raus«, antwortete Eddie und untersuchte die schweren Eisenstäbe. »Aber ich weiß nicht, wie. Hast du vielleicht eine Idee?«

Flo schüttelte den Kopf. Sie sah sehr unglücklich aus. »*Nay*«, sagte sie auf Niederländisch.

»Na, dann war's das wohl«, sagte Eddie leise. »Jetzt ist es aus.«

KAPITEL 42

Aus?«, rief eine empörte Bunty, krabbelte aus Eddies Tasche, huschte sein Bein hinunter und hüpfte auf den Boden, wobei sie verärgert schnaufte und keuchte.

»Aus?«, wiederholte sie und stemmte herausfordernd die Pfoten in die Hüften. »So einen Mist habe ich mein Leben lang noch nicht gehört. Glaubt ihr etwa, meine Vorfahren, die vor all den Jahrhunderten auf diesem Fleck Erde landeten, hätten ›Lasst uns nach Hause gehen – es ist aus‹ gerufen? Nein! Sie blieben hier und verwandelten das Marschland in eine stolze Stadt, und sie nannten sie …« An dieser Stelle verstummte sie und schlug sich dramatisch auf die Brust. »Wir dürfen nicht aufgeben. Ich kann durch die Gitterstäbe krabbeln und den Schlüssel aus dem Kasten an der Wand holen«, sagte sie triumphierend.

»Wirklich?«, fragte Eddie.

»Was wirklich?«, fragte Flo, die sich fragte, was gerade los war.

»Sie kann den Schlüssel holen«, erklärte Eddie. Buddie versuchte, sich zwischen den Gitterstäben hindurchzuquetschen. »Ziemlich eng beieinander«, keuchte die Hamsterin und versuchte es erneut. Ihr Oberkörper war bereits halb hindurch. Das Problem war der untere Teil.

Monty, der im Käfig neben Eddie und Flo hockte, hatte ganz eindeutig noch nie einen Hamster gesehen. »Was ist das denn?«, fragte er Eddie und sah zu, wie sich Bunty mit den Gitterstäben abquälte. »Eine dicke Maus?«

»Das habe ich gehört!«, sagte Bunty beleidigt, hielt einen Moment inne und warf Monty einen bösen Blick zu. »Ich bin keine Maus, sondern eine Hamsterin.«

»Tut mir leid«, erwiderte Monty

und senkte beschämt den Kopf; er hatte nicht unhöflich sein wollen.

»Schon okay«, sagte Bunty wieder ganz heiter. »Du konntest es ja nicht wissen. So, jetzt muss ich mich nur noch ein bisschen winden, dann bin ich durch.«

»Soll ich sie ein bisschen in den Hintern kneifen?«, schlug Butch vor. »Vielleicht kommt sie dann in die Gänge.«

»Bitte mach dir keine Mühe, schönen Dank auch«, keuchte Bunty, die sich weiter mühte. »Ich muss nur den richtigen …« – und beim letzten Versuch ploppte sie durch die Gitterstäbe – »… Winkel finden«, verkündete sie zwischen zwei Keuchern, als sie wieder zu Atem gekommen war.

»Gut gemacht, Bunty!«, sagte Eddie.

»Gut. Ich hole dann mal diese Schlüssel«, sagte Bunty, als sie sich erholt hatte. »Wünscht mir Glück, Leute.« Sie salutierte und flitzte los.

KAPITEL 43

Der Kasten, in dem die Schlüssel hingen, war weit oben an der Wand angebracht. An dieser Wand hing außerdem ein Rollhandtuchspender, darunter ein Stahlschrank.

Davor blieb Bunty einen Augenblick stehen und überlegte, wie sie ihre Aufgabe am besten – und noch wichtiger: am einfachsten – angehen konnte.

»Wenn ich den Stahlschrank hinaufklettere, indem ich die Stahlgriffe als Leiter benutze … und dann über diese Behälter darauf klettere … dann schaffe ich es bestimmt zum Waschbecken«, sagte sie sich. »Und wenn ich dann hoch genug springe, kann ich das Handtuch da oben erreichen … hinaufkrabbeln … und wenn ich mich dann strecke, schaffe ich es gerade so zum Schlüsselkasten.«

So klang es ziemlich einfach … jedenfalls einigermaßen. Doch obwohl Bunty jeden Tag lange in ihrem Hamsterrad lief, war sie nicht ganz so agil, wie sie zu sein glaubte.

»Dann wärm dich mal auf, altes Mädchen«, sagte sie, richtete sich zu voller Größe auf und wackelte mit den Pfoten. »Du hast einen weiten Aufstieg vor dir.«

Den Schrank hoch zum Waschbecken zu klettern, war einigermaßen leicht, aber sich von dort aus zum Rollhandtuchspender zu hangeln, war deutlich schwieriger. Sie brauchte drei Versuche, bis sie es schaffte, hoch genug zu springen, um eine Ecke des heraushängenden Handtuchs zu erwischen. Sie hing eine ganze Weile da, um wieder zu Atem zu kommen, bis sie versuchen konnte, das Handtuch hinaufzuklettern.

Sie fand das gar nicht schwierig, aber als sie es gerade bis zur Mitte geschafft hatte, gingen die Lichter im Labor plötzlich an.

Es war Dr. Lockjaw, begleitet von Miss Lubis.

Bunty schwang sich herum, damit sich das Handtuch faltete und sie sich darin verstecken konnte. »Tarnung«, murmelte sie, weil ihr ihr Training wieder einfiel. »Die erste Überlebensregel.« Aus der Falte heraus horchte sie aufmerksam, was Dr. Lockjaw sagte.

»Ah, unsere ungebetenen Gäste«, sagte er gerade. »Hinterhältige kleine Diebe, die glauben, einfach so in mein Labor einbrechen und damit durchkommen zu können.«

»Wir sind gekommen, um den Orang-Utan zu befreien, den Sie entführt haben«, erwiderte Eddie wütend. »Sie sind der Dieb, nicht wir.«

Dr. Lockjaw sah ihn hinter seiner Drahtbrille böse an. »Wilde Anschuldigungen wie diese können dich noch in große Schwierigkeiten bringen«, warnte er.

Er trug Miss Lubis auf, den Rollwagen mit seinen Instrumenten zu holen. OJ, der mit seinem Bruder im Büro saß, sagte er, er solle Eddie aus dem Käfig holen. »Wenn er euch Probleme macht, seid ruhig grob zu ihm«, sagte er. »Unverschämte Kinder müssen erzogen werden.«

Natürlich wehrte sich Eddie, ebenso wie Flo, die OJ fest in den Arm biss, nur um daraufhin einen Schlag auf den Kopf zu erhalten, von dem ihr ganz schwindelig wurde. Butch wollte das nicht zulassen und biss tief in OJs Bein, woraufhin der quiekte und Eddie losließ.

»Warum dauert das so lange?«, verlangte Dr. Lockjaw zu wissen. »Sagt mir bloß nicht, ihr kommt mit einem Zehnjährigen nicht zurecht? Packt ihn einfach.«

Nach einem kleinen Handgemenge schaffte es OJ, Eddie bei den Haaren aus dem Käfig zu zerren. »Wo soll er denn hin?«, fragte der Bösewicht, der jetzt schwer atmete und sich das Bein rieb, wo Butch ihn gebissen hatte.

»Leg ihn auf den Wagen und fessele ihn«, befahl Lockjaw. »Aber bevor ich mit meiner Prozedur beginne, will ich noch ein wenig mit unserem jungen Freund plaudern.«

Butch bellte sich unterdessen die Seele aus dem Leib. Flo schrie alle möglichen Flüche in einer Mischung aus Niederländisch, Portugiesisch und

Englisch. Der kleine Orang-Utan kreischte und hämmerte gegen die Gitterstäbe. Eddie wehrte sich ebenfalls nach Kräften, als OJ versuchte, ihn auf den Wagen zu fesseln.

»Es reicht!«, brüllte Lockjaw, und sofort verstummten alle. »Madame van Loon ist mit ihrer Behandlung beinahe fertig, und wir wollen sie doch jetzt nicht stören, nicht wahr?« Er beugte sich über den Rollwagen.

Flo fühlte sich vollkommen hilflos. Sie saß ganz hinten im Käfig. Sie konnte nur zusehen, was Lockjaw mit Eddie anstellte.

»Keine Sorge«, sagte Butch zu ihr und sprang auf ihren Schoß. »Sobald Bunty die Schlüssel zu diesem Käfig hat, packe ich sie mir.« Es war wirklich schade, dass Flo ihn nicht verstehen konnte.

»Nun, junger Mann«, sagte Lockjaw aufgeräumt. »Ich habe mir das Material der Sicherheitskameras angesehen, das dich und deine Freunde zeigt, und das ist ausgesprochen interessant, wirklich. Jetzt sag mir, wie du das machst.«

»Was?«, fragte Eddie wütend.

»Na komm, du weißt schon, wovon ich spreche. Wie hast du gelernt, mit einer Krähe zu sprechen? Ihr habt ja eine ganz schön ausführliche Unterhaltung geführt, ihr beide.« Lockjaw setzte seine Brille ab und wischte sie langsam mit seinem Taschentuch sauber. »Fast unglaublich, könnte man sagen. Also, wie ist das möglich?«

»Es ist ein Trick, ein Zaubertrick«, erklärte Eddie. Er versuchte, überzeugend zu klingen. »Ich bin Bauchredner. Ich kann es so aussehen lassen, als spräche ein anderes Wesen.«

»Ach wirklich?«, sagte Lockjaw mit gespielter Überraschung. »Vielleicht würdest du mir das einmal zeigen. Wir wollen doch mal sehen, ob du es schaffst, Miss Lubis deine Stimme zu geben, ohne dass du deine Lippen bewegst. Na los.«

Eddie bemühte sich sehr, aber es war ein ziemlich übler Versuch, und Lockjaw war kein bisschen überzeugt.

»Dachte ich's mir doch. Du bist ebenso wenig ein Bauchredner wie ich«, sagte er mit grimmigem Gesicht. »Jetzt hören wir auf mit dem Blödsinn, okay? Sag mir einfach, wie du es geschafft hast, jeden Krächzer zu verstehen, den die Krähe von sich gegeben hat.«

Eddie schwieg.

»Na gut, wie du willst«, sagte Lockjaw und hielt ein glänzendes Instrument ins Licht. »Das Hirn ist ein bemerkenswertes Organ, daher werde ich jetzt einen kleinen Blick auf deins werfen. Alles im Namen der Wissenschaft natürlich«, sagte er und lächelte. »Ich säge jetzt den oberen Teil deines Kopfes ab. Das ist ein bisschen, als köpfte man ein Ei, nur lauter, und ich fürchte, es stinkt ein bisschen.«

Eddie sah, dass Lockjaw sich einige blitzende Instrumente zurechtlegte.

»Natürlich musst du für diese Operation wach sein, denn du musst auf meine Fragen antworten, während ich an deinem Hirn arbeite. Aber keine Sorge, Miss Lubis wird dir etwas gegen die Schmerzen geben. Nachdem sie deine Haare abrasiert hat, natürlich.«

»Oder … Sie schicken uns einfach nach Hause,

und wir gehen heute früh zu Bett?«, schlug Eddie vor.

»Sei nicht albern«, sagte Dr. Lockjaw. »Ach, und noch eins.« Er betrachtete die Säge und prüfte mit dem Daumen, ob sie scharf genug war. »Diese Operation hat natürlich Nebenwirkungen, zum Beispiel den Verlust des Gedächtnisses. Du wirst dich nicht mehr daran erinnern, wer deine Freunde und deine Verwandten sind, aber ich fürchte, dagegen lässt sich nichts machen. Also, wollen wir beginnen?«

KAPiTEL 44

Eddie wehrte sich heftig, aber die Gurte, mit denen er an den Wagen gefesselt war, saßen fest, und es gab kein Entkommen. Miss Lubis flehte Lockjaw an, nicht weiterzumachen – und selbst OJ schien nicht besonders begeistert von der Vorstellung.

»Damit will ich nichts zu tun haben. Er ist doch nur ein Junge«, knurrte er, aber Lockjaw befahl ihm, sich um seine eigenen Angelegenheiten zu kümmern und zu tun, was er ihm sagte.

»Rasieren Sie ihm sofort die Haare ab«, kommandierte Lockjaw, packte Miss Lubis beim Arm und schüttelte sie. »Dann geben Sie ihm ein leichtes Anästhetikum, aber nicht zu viel. Ich will, dass er hellwach ist.«

Eddie kniff die Augen zusammen, als er das Summen des Rasierers hörte. Dennoch war er sich sicher, noch ein anderes Geräusch zu hören. Es wurde lauter und lauter. Es klang wie … ein Hubschrauber! Eddie öffnete die Augen und

wurde sofort vom Licht der grellen Suchscheinwerfer geblendet, das durch die Dachluke über ihm fiel.

Plötzlich war ein lautes Krachen zu hören. Das Glas zersplitterte, und zwei Gestalten tauchten auf – eine klein, die andere groß, aber beide von Kopf bis Fuß in Schwarz gekleidet. Die beiden seilten sich vom Dach ins Labor ab. Miss Lubis ließ den Rasierer fallen und rannte los, um sich zu verstecken.

»Packt sie!«, schrie Dr. Lockjaw OJ und Milo zu, aber bevor sie sich in Bewegung setzen konnten, hatte die große Gestalt in Schwarz Milo schon mit einem Schulterwurf zu Boden befördert. Milo hockte erschrocken da, doch als er versuchte, sich wieder aufzurappeln, packte die große Gestalt ihn am Fußgelenk und am Arm und begann, ihn schnell im Kreis zu wirbeln. Dann ließ sie los, sodass Milo in einen der leeren Käfige flog. Die Tür schloss sich hinter ihm.

Inzwischen hatte die kleine Gestalt eine Karatehaltung eingenommen. OJ lachte beim Anblick des kleinen Menschen, der ihn bedrohte, aber er lachte nicht besonders lang, denn die Gestalt sprang und

trat ihn direkt in einen sehr empfindlichen Teil seiner Anatomie, sodass er auf die Knie sackte.

Was zum Teufel …?, dachte Eddie.

Dann entdeckte er eine große schwarze Krähe, die mit einem kleineren Vogel im Schlepptau durch das zerbrochene Oberlicht flatterte. »Stanley!«, rief Eddie. »Hol dir von Bunty den Schlüssel. Sie ist da drüben in dem Kasten an der Wand.«

»Wird gemacht«, krächzte Stanley. »Casey und ich retten euch.«

Bunty hatte die allgemeine Unruhe genutzt, um zum Schlüsselkasten an der Wand zu klettern. Sie hielt jetzt den Schlüssel in einer Pfote, hing mit der anderen an der Tür des Kastens und schwang hin und her.

»Fang!«, rief sie und warf Stanley den Schlüssel zu, der ihn mit dem Schnabel aus der Luft schnappte. Er flog zum Käfig, in dem Flo und Butch saßen, und ließ den Schlüssel durch die Gitterstäbe fallen. Flo schloss schnell die Tür auf und rannte los, um der großen, geheimnisvollen Gestalt dabei zu helfen, die Gurte zu lösen, die Eddie auf dem Wagen fixierten.

OJ stöhnte laut und stand langsam auf. »Ich reiß euch in Stücke!«, brüllte er und ballte die riesigen Fäuste. »Wer auch immer ihr seid!« Aber er hatte nicht bemerkt, dass auch Butch jetzt aus dem Käfig entwichen war und seine Gelegenheit zur Rache nutzte. Der kleine Hund stürzte sich auf OJ und biss ihn in eben jene empfindliche Stelle, in die ihn der Retter in Schwarz getreten hatte.

»Uuuuuuuumpf«, jaulte er und sank in sich zusammen.

Butch hatte aber andere Vorstellungen. »Zeit, fangen zu spielen!«, bellte er mit wedelndem Schwanz und begann, den wimmernden OJ durchs Labor zu jagen, wobei er kläffte und knurrte und sichtlich Spaß hatte.

In all dem Chaos war Lockjaw davongeschlichen und stopfte jetzt wichtig aussehende Papiere in seine Aktentasche. Er musste fliehen, und seine einzige Chance war es, davonzulaufen. Er schlich aus dem Raum neben dem Zimmer, in dem Vera schlief, und lief direkt der kleinen Gestalt in Schwarz in die Arme, die gerade OJ mit Handschellen an die Gitter des Käfigs gefesselt hatte, in dem sein Bruder hockte.

»Dr. Lockjaw, nehme ich an«, sagte der Retter und zog sich die Sturmhaube vom Kopf. »Was machen Sie da mit meinem Neffen und seiner Freundin?«

Eddie riss überrascht die Augen auf, als er das Gesicht der Gestalt sah, die sich vom Dach abgeseilt und Karatekicks vollführt hatte. »Tante Budge!«, rief er glücklich und sprang vom Rollwagen.

KAPiTEL 45

»Aber wie …? Was …? Wo …?«, stammelte Eddie. Er war vollkommen verwirrt, Flo ebenso, die ihren Augen kaum traute.

»Sieht so aus, als wären wir genau rechtzeitig gekommen«, sagte die größere Gestalt und zog sich ebenfalls die Sturmhaube vom Kopf. Es war Miss Schmidt. »Es ist furchtbar heiß unter diesen Dingern«, bemerkte sie und stopfte sich die Haube in die Tasche. Dann trat sie auf Dr. Lockjaw zu.

Der Mann erkannte seine Chance, schnappte sich von einem weiteren Rollwagen eine Spritze und stach damit in Miss Schmidts Arm. Es hatte sich ein Beruhigungsmittel darin befunden, und innerhalb von Sekunden sackte Miss Schmidt schlafend auf den Boden. Dr. Lockjaw griff nach einer tödlich aussehenden Kreissäge, die viel größer war als diejenige, mit der er Eddies Schädel hatte öffnen wollen, schlang von hinten den Arm um Tante Budges Hals und begann, sich mit ihr in Richtung Tür zurückzuziehen. »Wenn sich einer von euch rührt«, knurrte er, »dann mache ich sie fertig.«

Eddie murmelte leise etwas, aber die Säge war tödlich, und Lockjaw hielt sie gefährlich nah an Tante Budges Gesicht.

In der Zwischenzeit saßen Stanley und Casey oben auf dem Schlüsselkasten und beobachteten die Szene.

»Ich werde mich einfach von oben auf ihn stürzen«, flüsterte Stanley Casey zu. »Wünsch mir Glück.« Damit hob er ab und flog direkt auf Lockjaws Kopf zu. Unglücklicherweise war Lockjaw zu schnell für ihn, denn er schlug mit der Kreissäge nach ihm, erwischte den Flügel der Krähe und schleuderte ihn gegen die Wand. Der mutige Vogel fiel zu Boden und lag wie ein schwarzes Häufchen da, still und regungslos.

»Stanley!«, schrie Eddie.

»Lass ihn liegen«, befahl Lockjaw. »Lass ihn sterben.«

Von oben auf dem Kasten ließ Casey ein jammervolles Kreischen hören. Er schlug wütend mit den Flügeln und wusste, wenn es je einen Moment gab, in dem er die Kraft und Entschlossenheit aufbringen musste zu fliegen, dann war es dieser. Der Mann hatte seinen Freund getötet und musste aufgehalten werden.

Er nahm all seinen Mut zusammen und flog los, ein wenig wackelig zunächst. Es sah aus, als würde er eine Bruchlandung machen, aber dann nahm er all seine Kraft zusammen und stieg in die Luft auf, schwang sich auf Lockjaw und riss ihm die Brille herunter.

Lockjaw schlug mit der Kreissäge um sich, verfehlte Casey jedoch, der wieder aufstieg und so kräftig in die Hand des Doktors pickte, dass der seine Waffe fallen ließ.

Lockjaw schleuderte Tante Budge von sich und rannte zur Tür, aber Eddie und Butch waren ihm auf den Fersen. Eddie rang ihn mit einem wunderbaren Rugby-Manöver nieder, das seinem Sportlehrer die Sprache verschlagen hätte (weil der nie geglaubt hatte, dass Eddie in Rugby gut war).

Dann kam ihm Flo zu Hilfe. Der Doktor war beinahe wieder auf den Knien, obwohl Eddie ihm

am Hals hing und Butch seine Zähne in Lockjaws Hintern gegraben hatte.

»Wollen Sie irgendwo hin?«, fragte Flo und schlug einen perfekten Kinnhaken, woraufhin der Doktor bewusstlos zusammensackte.

Eddie starrte sie mit großen Augen an und glitt von Lockjaws Rücken.

»Ich hab dir doch gesagt, dass ich Boxunterricht nehme – weißt du nicht mehr?«, sagte Flo und blies sich auf die Fingerknöchel. »Das hat er verdient.«

Aber Eddie hörte nicht mehr zu, er war schon zu Stanley gelaufen. Die Krähe lag in einer seltsamen Position da, und sein Flügel war auf unnatürliche Weise abgeknickt.

»Stan«, sagte Eddie zärtlich, kniete sich neben ihn und legte sanft eine Hand auf seine Federn. »Wach auf! Geh nicht, Kumpel, bleib bei mir … bitte.«

Aber Stanley lag mit geschlossenen Augen still da. Eddie senkte den Kopf und streichelte seinen alten Freund. Er fühlte, wie ihm heiße Tränen über das Gesicht liefen. »Das ist alles meine Schuld«, schluchzte er. »Wenn wir nicht hierhergekommen wären, wäre all das nicht passiert.«

Tante Budge kniete sich neben Eddie und legte ihm den Arm um die Schultern. »Gib dir nicht selbst die Schuld, mein Lieber«, sagte sie sanft. »Stanley war ein so bemerkenswerter Vogel, so voller Leben. Es ist eine schreckliche Tragödie, und der Mann wird dafür bezahlen.«

Butch lag neben Stanley und stupste ihn sanft mit der Schnauze, damit er wieder aufwachte. »Na komm, du, steh auf«, sagte er. »Mit wem soll ich mich zanken, wenn du nicht mehr da bist?«

»Es sieht nicht gut aus, Butch«, sagte Eddie sanft. »Er ist von uns gegangen.«

Flo stand schweigend da und konnte ihre Tränen nicht zurückhalten. Ein sehr geknickter Casey saß auf ihrer Schulter. Selbst Miss Schmidt, die gerade rechtzeitig erwacht war, um Dr. Lockjaw fesseln zu können, schnäuzte sich die Nase.

Dann …

»'ey, ich geh nirgendwo 'in«, krächzte eine vertraute Stimme.

KAPiTEL 46

Es war Stanley, und er war sehr lebendig!

»Ich glaube, ich 'ab mir den Flügel gebrochen, und ich 'abe ziemliche Kopfschmerzen, aber abgesehen davon bin ich am Leben. Also, Leute«, sagte er mit einem schalkhaften Glitzern in den Augen, »ist irgendwas Interessantes passiert, während ich gepennt ›ab‹?«

Sie jubelten alle und klatschten. Eddie wischte sich die Tränen aus den Augen, nahm Stanley ganz vorsichtig hoch und hielt ihn im Arm. »Mach dir keine Sorgen«, sagte er. »Wir kriegen dich schon wieder hin.« Er drückte ihn sanft und sagte: »Ich hab dich lieb, Stanley.«

»Ich dich auch, Junge«, erwiderte Stanley, »aber pass auf meinen Flügel auf.«

»Du bist ein Held!«, kreischte Casey. »Du verdienst einen Orden.«

»Du auch«, sagte Tante Budge zu ihm. »Wie du durch das Labor geflogen bist und diesen schrecklichen Kerl entwaffnet hast, das war großartig.«

Und wieder jubelten alle.

»Da wir gerade von Helden sprechen«, sagte Eddie plötzlich, »wo ist eigentlich Bunty?«

Nachdem sie diesen spektakulären Sprung zum Schlüsselkasten ausgeführt hatte, hatte Bunty herausgefunden, dass dessen Tür nicht richtig verschlossen gewesen war. Sie war mitsamt der Hamsterdame aufgeschwungen, und Bunty hatte sich daran verzweifelt festgeklammert. Obwohl sie es geschafft hatte, Stanley den Schlüssel zuzuwerfen, obwohl ihre Mission erfolgreich gewesen war, konnte sie sich irgendwann nicht mehr festhalten und fragte sich, wann wohl jemand kommen und sie retten würde.

In diesem Moment geschah es, dass Vera, die aus ihrem Schlaf erwacht, aber von den Medikamenten immer noch ein wenig benommen war, zum zwei-

ten Mal aus ihrem Zimmer gewankt kam, weil sie wissen wollte, woher der Lärm kam. Als sie an dem Schlüsselkasten vorbeitorkelte, schwang dessen Tür auf sic zu, und Bunty ergriff die Gelegenheit loszulassen. Sie prallte gegen Veras Wange und hielt sich am Bart der Dame fest …

Am Bart? Vera hatte einen Bart?

Vera schrie. Bunty schrie ebenfalls, ließ los und fiel zu Boden, um dann zu Eddie und den anderen zu rennen.

»Da war eine Ratte in meinem Gesicht!«, kreischte Vera, schlug sich gegen die Wangen und tastete sich ab, um sicherzugehen, dass das Viech fort war. »Sie ist noch da!«, kreischte sie jetzt noch lauter, packte das, was sie für den Schwanz hielt, und zerrte daran.

»Autsch!«, schrie sie. Langsam schwante ihr, dass das, woran sie zog, kein Rattenschwanz war. Es war ihr Schnurrbart. Das Serum des Doktors hatte ganz eindeutig gewirkt, aber jetzt hatte sie nicht nur Haare auf dem Kopf, sondern am ganzen Körper. Zottiges knallorangefarbenes Haar. Tatsächlich war sie sogar noch haariger als der Baby-Orang-Utan, der vor dem Käfig saß und erleichtert Eddies Hand hielt.

Sie starrten alle ungläubig und mit offenem Mund Vera an, die aussah wie ein rötlicher Yeti.

Schließlich begann Tante Budge zu sprechen. »Vera, meine Liebe«, sagte sie. »Hast du heute Morgen vergessen, dich zu rasieren?«

Vera schaute in den Spiegel über dem Waschbecken, um nachzusehen, was Tante Budge meinte. Dann wurde sie ohnmächtig.

KAPiTEL 47

»Woher wusstest du, dass wir hier sind?«, fragte Eddie Tante Budge, als Whetstone mit der Polizei eintraf.

»Stanley, diese unfassbar intelligente Krähe, hat mich informiert. Ich wollte keine Zeit verschwenden, und da der Tragschrauber praktischerweise auf dem Dach parkte, sind wir einfach hineingesprungen und Stanley hierher gefolgt.«

»Hast du gerade gesagt, dass ein Tragschrauber auf deinem Dach geparkt hat?«, fragte Eddie verblüfft. Er traute seinen Ohren nicht.

»Ja, mein Lieber«, erwiderte Tante Budge lässig, als wäre das das Normalste der Welt. »Hast du ihn gar nicht bemerkt? Er ist allerdings meistens abgedeckt.«

»Ich dachte, das wäre nur ein Grill.«

»Na ja, der Tragschrauber ist ebenfalls klein«, sagte sie, »aber ich bezweifle, dass man darauf eine Wurst grillen könnte.«

»Du hast dich hier herein abgeseilt«, sagte Eddie. »Wie in einem Spionagefilm. Wow!«

»Ja, mein Lieber«, sagte Tante Budge sachlich. »Ich mache das schon seit Jahren. Ich habe eine Menge Hobbys – Kampfsportarten gehören dazu. Miss Schmidt hat einen schwarzen Gürtel in Judo und Karate, weißt du. Sie ist außerdem eine beachtliche Kickboxerin«, fügte sie hinzu.

»Wow«, machte jetzt Flo ehrfürchtig. »Diese Alten wissen wirklich, wie man Leute vermöbelt.«

»Mit dem Alter hat das wenig zu tun«, erwiderte Miss Schmidt. »Vergiss nicht, dass du mit einer Frau sprichst, die schon einmal mit einem Alligator gerungen hat.«

Unterdessen konnte sich die Polizei nicht entscheiden, ob sie Vera zu einem Tierarzt oder zur Polizeiwache bringen sollten, weil sie nicht recht wussten, was sie eigentlich war.

»Das ist Mrs Veronica van Loon«, erklärte Tante Budge dem verblüfften Polizisten. »Ein sogenanntes menschliches Wesen. Wie Sie erfahren werden, ist sie allerdings für eine Reihe von Verbrechen verantwortlich, darunter auch die Entführung zweier Kinder und eines Orang-Utans.«

Der Polizist wusste nichts darauf zu erwidern, aber er verhaftete Vera pflichtschuldigst, deren gedämpfte Schreie unter dem Berg von Haaren hervordrangen. »Ich will meinen Anwalt … und einen Friseur!«

»Na, ein Glück, dass wir die los sind!«, rief Tante Budge und sah der knallorangen Mähne hinterher, die jetzt aus dem Raum abgeführt wurde. »So, bald geht die Sonne wieder auf, daher sollten wir jetzt wirklich nach Hause und ein frühes Frühstück zu uns nehmen … oder ein sehr spätes Abendessen, je nachdem, aus welchem Blickwinkel man es betrachtet. Kommt mit, ihr beiden. Miss Schmidt kann mit Whetstone und den Tieren im Auto fahren, ihr beiden fliegt mit mir im Tragschrauber.«

Flo und Eddie wechselten einen Blick. »Erinnerst

du dich noch daran, als ich sagte, dass einfach nichts Aufregendes passiert und jeder Tag wie der andere ist?«, fragte sie.

»Ja, warum?«, fragte Eddie zurück.

»Also, das nehme ich zurück und behaupte das Gegenteil«, erwiderte Flo.

Tante Budge war die Metallleiter zum Dach des Labors emporgeklettert und hatte mit dem Tragschrauber auf dem Rasen draußen aufgesetzt. »Hüpft rein!«, schrie sie über den Lärm der Rotoren hinweg. »Und duckt euch dabei. Übrigens möchte ich ein sehr ernstes Wörtchen mit euch beiden reden, wenn wir zurück sind«, fügte sie hinzu. »Und jetzt setzt eure Helme auf und schnallt euch an. Von hier aus hat man einen wunderbaren Blick auf Amsterdam.«

KAPiTEL 48

Der Flug nach Hause war aufregend, aber kaum dass sie auf dem Dach gelandet waren und in Tante Budges Morgensalon saßen, kanzelte sie sie nach allen Regeln der Kunst ab.

»Es war idiotisch und leichtsinnig«, schalt sie. »Ihr hättet beide sterben können, wenn wir nicht gerade noch rechtzeitig gekommen wären.«

Flos Eltern waren nicht gerade begeistert von den Taten ihrer Tochter, und Eddies Dad hatte ebenfalls eine Menge zu sagen, als sie über FaceTime miteinander sprachen.

»Dad!«, rief Eddie, als er ihn auf dem Bildschirm von Tante Budges Computer auftauchen sah. »Dad, ich habe dich vermisst, aber warte, ich will dir etwas erzählen …«

Sein Dad unterbrach ihn. »Ich weiß alles über deine Eskapaden«, sagte er und klang kein bisschen froh darüber. »Und ich möchte gerne wissen, was zum Teufel du dir dabei gedacht hast, dich in solche Gefahr zu begeben, nur um ein Tier zu retten? Es mit verrückten Wissenschaftlern und einer bösartigen Frau aufzunehmen! Denk doch mal an deine Tante. Sie war fast krank vor Sorge!«

Eddie versuchte zu erklären, aber sein Dad unterbrach ihn erneut.

»Eddie?«

»Ja, Dad?«

»Ich bin etwas bestürzt, dass du solche Risiken eingehst … aber … ich muss zugeben … dass ich gleichzeitig ziemlich stolz bin.« Daraufhin begann sein Dad zu lachen.

Eddie atmete erleichtert aus. »Ich dachte, du wärst richtig sauer auf mich.«

»Nicht wirklich sauer, eher besorgt«, erwiderte sein Dad. »Ich konnte kaum glauben, was ich online lesen musste, aber dann wiederum war mir natürlich immer klar, dass ich einen mutigen, tapferen, durch und durch anständigen jungen Mann als Sohn habe.« Glitzerte da eine Träne in Dads Auge, oder sah das nur so aus? Eddie war sich nicht ganz sicher. »Jedenfalls«, fuhr sein Dad heiter fort, nachdem er sich geschnäuzt hatte, »habe ich auch Neuigkeiten. Ich habe einen Brief vom Direktor des Königlichen Philharmonischen Orchesters erhalten. Sie suchen nach einem Sologitarristen! Ich habe keine Ahnung, wie sie auf mich gekommen sind, aber sie haben mir die Stelle angeboten. Dafür müsste ich gar nicht mehr reisen, sondern könnte zu Hause bleiben. Zum ersten Mal seit dem Tod deiner Mutter habe ich die Gitarre herausgeholt und gespielt ... und es hat sich richtig gut angefühlt.«

»Nimmst du die Stelle an?«, fragte Eddie aufgeregt. Er freute sich, dass sein Dad anscheinend wieder der Alte wurde.

Sein Dad lachte. »Eins weiß ich – ich bin nicht dafür gemacht, Filialleiter eines Supermarkts zu sein. Ich bin dafür einfach nicht schlau genug. Das ist ein Knochenjob, glaub mir. Ich denke, es ist am besten, wenn ich wieder Musik mache.«

Tante Budge, die während ihrer Unterhaltung im Zimmer geblieben war, war begeistert, dass Eddies Dad die neue Stelle annehmen wollte. Er würde es niemals herausfinden, aber sie war diejenige gewesen, die sich an ihren alten Freund, den Philharmonie-Direktor, gewandt und Dads Namen für die freie Stelle ins Spiel gebracht hatte.

»Wir sehen uns in ungefähr einer Woche«, sagte Dad, »und keine Abenteuer mehr!«

Eddie kicherte in sich hinein. In seinen wildesten Träumen hätte er nie geglaubt, dass er je in eine so verrückte Geschichte hineingezogen werden würde. Die Ferien waren wie im Flug vergangen, und es war so viel passiert. Eddie hatte eine gute Freundin in seinem Alter gefunden, jemanden, bei dem er ganz er selbst sein konnte. Außerdem hatte er erstaunliche Dinge getan und gesehen. Er hatte sich außerdem in solcher Gefahr befunden, wie er sie nur in Filmen oder Superhelden-Comics für möglich gehalten hatte.

Es dauerte nicht lange, da waren Eddie, Flo und Tante Budge das Hauptgesprächsthema im Internet, und ihre Gesichter schauten ihnen aus sämtlichen Zeitungen entgegen. Journalisten und Paparazzi versammelten sich vor Tante Budges Haus, sehr zu ihrem Missvergnügen, bis sie sich schließlich bereit erklärte, zusammen mit Eddie, Flo, Miss Schmidt, Whetstone und den Tieren auf der Eingangstreppe zu posieren, damit sie endlich gingen. Sogar Stanley ergriff die Gelegenheit beim Schopf und saß mit seinem Flügel, den er in einer Schlinge trug, auf der obersten Stufe und lächelte stolz.

Casey, der jetzt wieder fliegen konnte, hockte auf der großen Laterne, die über der Haustür hing, und pfiff sich die Seele aus dem Leib, damit die Fotografen ihn von seiner besten Seite aufnahmen.

Tante Budge hatte für das Foto alle Register gezogen und erstrahlte in einem fliederfarbenen Blümchenkleid mit großem, kunstblumengeschmücktem Hut. Eddie trug sein neues Jackett und sah sehr gut darin aus, obwohl Bunty auf seinem Kopf hockte und grinste. Flo war sehr schick in schwarzem Pulli mit passender Hose. Sie hatte Butch auf dem Arm, der seinen Poncho trug, damit alle sahen, dass er ein echter mexikanischer Bandit war. (Obwohl er seinen karierten Tartan-Mantel inzwischen mochte, hatte er darauf bestanden, dass Eddie ihm auch diesen Poncho kaufte.)

Die Fische wollten ebenfalls unbedingt mit aufs Foto, obwohl sie in dem Abenteuer keine Rolle gehabt hatten. Also setzte Eddie sie in ihren Reisewasserbehälter, den er stolz in die blitzenden Kameras hielt. Die Fotografen riefen ihnen Anweisungen zu, damit sie sich nach links oder rechts drehten oder in die Kamera ganz hinten schauten.

»Jetzt hört euch das an«, sagte Tante Budge am nächsten Tag, kräuselte angewidert die Nase und las laut aus einer Zeitung vor: »›Lady Buddleia, die mit Ihrer Majestät der Königin verwandt ist …‹ – Wer schreibt so einen Blödsinn?«, rief sie und tappte verärgert mit dem Fuß auf den Boden. »Ich habe ihr lediglich ein oder zwei Mal Hallo gesagt und bin mit der guten Frau keineswegs verwandt. Ich werde sofort eine Entschuldigung an den Palast schicken und erklären, dass ich mit diesen Lügen nichts zu tun habe. Außerdem werde ich von dieser schrecklichen Zeitung eine Entschuldigung verlangen.«

Eddie und Flo lachten, sie mochten es, wenn Tante Budge außer sich geriet.

Zunächst war ihnen der Trubel peinlich, besonders Eddie, der es hasste, im Mittelpunkt zu stehen. Der Bürgermeister von Amsterdam verlieh ihnen beiden einen Orden, und sogar Königin Máxima hatte ihnen per Brief zu ihrer Tapferkeit gratuliert. Trotz alledem war die beste Neuigkeit immer noch die, dass Dad einen neuen Job gefunden hatte.

Was die Tiere in Lockjaws Labor angingen, so fand man für sie alle ein neues Zuhause. Eddie wurde dabei fotografiert, wie er Monty, den kleinen Orang-Utan, zurück zu seiner Mutter in den Zoo brachte. Sie nahm ihr Baby liebevoll in den Arm und herzte es. Dann schaute sie den Jungen mit ihren großen, seelenvollen Augen an.

»Danke«, sagte sie. »Danke … mein Freund.«

*

Eddie hatte Amsterdam ins Herz geschlossen. Am liebsten mochte er es, im Bett zu liegen und die Glocken der *Westerkerk* alle Viertelstunde schlagen zu hören. Er liebte die Häuser an den Ufern der Grachten, besonders aber Tante Budges Haus mit den endlosen Treppen, die zu riesigen Räumen mit verzierten Spiegeln und glitzernden Kronleuchtern führten.

Er würde eine Menge vermissen – Tante Budge, die so freundlich und gleichzeitig unberechenbar und vollkommen anders war als alle anderen Menschen, die er je kennengelernt hatte. Die Bootsausflüge mit Flo. Mit Whetstone und Miss Schmidt in der Küche im Keller zu sitzen und zuzuschauen, wie die Beine der Leute am Fenster vorbeigingen. Die Räder der Kutschen, in denen sich die Touristen herumfahren ließen, und das Klappern der Pferdehufe, wenn sie vorbeirollten. Manchmal, wenn er am alten Küchentisch saß, ein köstliches Gebäckstück aß und aus dem Fenster schaute, hatte er das Gefühl, in der Zeit zurückgereist zu sein. Ja, er würde Amsterdam wirklich vermissen.

Flo gab ihm zum Abschied ein Küsschen und umarmte ihn, als sie sich voneinander verabschiedeten, sodass er knallrot wurde. »Freunde fürs Leben?«

»Freunde fürs Leben«, erwiderte Eddie, und sie

verhakten ihre kleinen Finger, um ihr Versprechen zu bekräftigen.

Tatsächlich sollte Flo in den nächsten Osterferien nach England kommen und Eddie besuchen, weil Tante Budge, die nicht mehr allein reisen wollte, ihr Haus in der Romney Marsh in Kent wieder öffnen wollte. Sie hatte Eddie und Flo über die Ferien dorthin eingeladen.

»Du bist hier als schüchterner, ziemlich verschlossener kleiner Junge angekommen, und jetzt sieh dich nur an«, sagte Tante Budge, als sie sich voneinander verabschiedeten. »Du bist zu einem selbstsicheren jungen Mann geworden und hast bewiesen, dass du viel Anstand und ein tapferes Herz hast.« Sie betupfte sich die Augenwinkel mit ihrem Taschentuch. »Ich werde dich und deine wunderbaren Tiere schrecklich vermissen. Du hast eine einzigartige und außergewöhnliche Gabe in den Schoß gelegt bekommen, Eddie; schäme dich ihrer nicht. Im Gegenteil: Sei stolz auf dein Talent, denn ich glaube, es wird dein Leben bereichern. Das Leben kann ein riesiges Abenteuer sein, mein Lieber. Du musst es nur zulassen. Und jetzt ab mit dir«, sagte sie, schniefte und gab ihm einen dicken Schmatzer auf die Wange. »Whetstone wartet schon unten, um dich nach Hause zu fahren.«

Er wollte gerade ins Auto steigen, als Tante Budge von der Treppe aus hinter ihm herrief. »Noch eins! Wir alten Leute sitzen nicht alle den ganzen Tag auf dem Sofa herum und schauen fern, weißt du!« Sie zwinkerte ihm zu. »Wir sind reich an Erfahrung und Wissen, außerdem haben wir großen Lebens-

hunger, daher unterschätze niemals deine reiferen Mitbürger. Versprochen?«

»Versprochen«, erwiderte Eddie und lachte.

Als sie durch Holland fuhren, wurde Eddie müde. Butch schlummerte bereits auf seinem Schoß, Bunty hatte sich in seiner Jackentasche zusammengerollt und gab ein leises Schnarchen von sich. Die Fische waren nirgends zu sehen; sie hatten sich hinter die Steine in ihrem Reisebehälter zurückgezogen, ausgesprochen verstimmt, dass sie wieder fahren mussten.

Eddies Lider fühlten sich schwer an, und er spürte, dass er wegnickte. Was hatte Tante Budge noch gesagt? Das Leben war ein Abenteuer?

Na, da hat sie auf jeden Fall recht, dachte er schläfrig. Und damit schlief er ein.

EPiLOG

Für den Fall, dass du dich fragst, was mit den anderen Leuten aus dieser Geschichte passiert ist, was du vermutlich tust ... Also, Dr. Lockjaw sitzt im Gefängnis und wartet auf seinen Prozess. In der Presse heißt es, dass er vermutlich den Rest seines Lebens hinter Gittern verbringen muss. Die beiden Türsteher-Brüder durften zwischen einer Haftstrafe und Sozialstunden wählen. Da sie schon allein das Wort »Gefängnis« abschreckend fanden, eröffneten sie eine Kampfsport-Schule für Kinder, und ich habe gehört, dass sie ein riesiger Erfolg ist. Miss Lubis bekam ihren Pass zurück, außerdem das Geld, das Vera ihr schuldete, und konnte endlich zurück zu ihrer Familie in Indonesien.

Was Vera angeht, so schickte man sie in eine

staatliche Anstalt für geisteskranke Straftäter, wo sie noch immer sitzt. Noch heute ist sie am ganzen Körper mit dem knallorangefarbenen Haar bedeckt, das sie sich immer gewünscht hat. Sie muss jeden Morgen rasiert werden.

Casey wickelte Flos Eltern mit Leichtigkeit um den Finger, und sie nahmen ihn bei sich auf. Jetzt sitzt er, heiß geliebt von Flo, auf einer Stange am Fenster ihres Wohnzimmers in Amsterdam, flucht wie ein Rohrspatz und singt nach Lust und Laune.

Stanley blieb bei Tante Budge, bis sein Flügel verheilt war, und als er wieder stark genug war, flog er zurück nach England. Maggie, in die er ziemlich verliebt gewesen war, war inzwischen mit einer anderen Elster verbandelt, was Stanley ganz recht war, denn seine Gefühle für sie waren ebenfalls erloschen. Außerdem, sagte er sich, war er ohnehin noch nicht bereit für eine langfristige Beziehung. Jedenfalls nicht mit Elsterdamen wie Maggie.

Oh, und da ist noch etwas. Tante Budge hatte Eddie einen Umschlag überreicht, den er seinem Dad übergeben sollte. Darin befand sich die Eigentumsurkunde für ein nettes kleines Häuschen unweit der Wohnung, in der sie im Augenblick wohnten. Ein Brief von Tante Budge lag bei.

Jetzt, da wir uns wieder nähergekommen sind, brauche ich einen Ort, an dem ich wohnen kann, wenn ich Euch besuche. Deswegen wäre ich sehr dankbar, wenn Du dieses Geschenk annehmen und das Gästezimmer für mich bereithalten würdest.

Ach, und noch eine kleine Sache – Eddie bekam sein Handy.

PAUL O'GRADY erlangte unter dem Namen Lily Savage ersten Ruhm. Unter diesem Pseudonym wurde er 1991 auf dem Edinburgh Festival für den Perrier Award nominiert. Lily trat später regelmäßig in vielen Fernsehshows auf, ist inzwischen aber (angeblich) im Ruhestand.

Paul selbst hatte weitere Erfolge mit seinen Talkshows auf Channel 4 und ITV, *For the Love of Dogs* und *Animal Orphans*, sowie mit seiner wöchentlichen Show im BBC Radio 2. Alle vier Bände seiner Autobiografie haben es auf die *Sunday Times*-Bestsellerliste geschafft.

KATHARINA NAUMANN ist Autorin und Übersetzerin. Sie hat Slawistik und Germanistik studiert und unter anderem Werke von Jojo Moyes, Graham Norton und Emily Henry übersetzt, aber auch viele Kinderbuchtitel, zum Beispiel von Onjali Q. Raúf und Katie Kirby. Nebenbei schreibt sie eigene Bücher. Sie lebt mit ihrer Familie in Hamburg.